別在英溝裡翻船

ABC

頂尖英文名師

李正凡——著

　　國內有一種學習英文的怪現象，老師很喜歡在課堂上教授一些基礎英文，或寫書介紹基礎的英文運用，整本書往往沒有獨特的英語教學觀念或方法。此外，有的老師在講解英文文法時，明明可以講得很簡單，但卻是長篇大論，好像不如此教，會被認為沒有學問。殊不知，現在是數位化時代，英語學習也講求速度和效率。

　　《別在英溝裡翻船：秒殺英文 10 堂課，單字力、會話力、作文力百倍奉還》這本書主要是藉由 10 堂課，幫助讀者從聽、說、讀、寫方面徹底改造自己的英文實力。我在書中提供了有效、與眾不同的英語學習法，沒有深奧難懂的專業術語，一切化繁為簡，讓讀者能夠輕輕鬆鬆地理解學習英文的訣竅，在短時間內讓自己的英文徹底大翻身，告別「菜英文」。

　　第一課＜學英文也要跟上數位化時代＞旨在傳達英語教學也要適應時代潮流，以前所流行的「美語腔」，早已經不適合全球化的時代了。

　　第二課＜不用背的文法技巧＞延續前兩本書簡單易懂的文法講解。只要按照我所教的方法，英文文法瞬間變成「一塊小蛋糕」（a piece of cake）。

　　曾經有研究生向我求救，說他閱讀英文原文期刊十頁左右，需花三個多小時，詢問我如何增加英文閱讀速度？我告訴他，除了使用我獨創的「3 詞 KO 法」與「金銀銅鐵」法之外，還需要閱讀英語報章與雜誌。第三課＜「懶人包」英文閱讀法＞，從《時代雜誌》與《紐約時報》的閱讀技巧和單字片語著手，全面提升你的閱讀速度。

　　台灣的英文老師有一種迷思，希望學生以英文思考，但是在缺乏英文的環境下，大部分的學生無法辦到，只好選擇不開口說英文，久而久之，說英文成為一件令人畏懼的事情。第四課<中文轉個彎就能學成口語英文>提出藉由母語的間接聯想方式說出正確且符合外國人日常習慣的生活英語，以及糾正一些國人常講的制式化「教科書英語」。

市面上的英文寫作書籍所談的大多是基礎英文寫作觀念、用語、萬年句型，鮮少教導進階英文寫作。第五課<立馬見效的英文寫作課>教你寫出連老外都讚嘆不已的文章。第六課<Gentleman 的英文說話藝術>則是引導大家，無論在說話或書寫的正式場合裡，如何婉轉表達不失禮，不因語言的隔閡而產生誤會。

在第七課<英文自傳超 in 攻略>中，我特別為同學量身訂做一套有系統的寫作模式，解決自傳經常以 I 開頭的窘境。

坊間商業英文的書內容多半大同小異，有些不合時宜的錯誤用法也一直沿用至今。第八課<告別陳腔濫調的商業英語>，幫助讀者杜絕這些陳腔濫調的商業用語。

英文的難度不在文法，而在於單字，有些英文單字極為相似，也有些詞語的用法「差之毫釐，失之千里」，更有些慣用語無法從字面上了解它的深層涵義，第九課<撥亂反正的英文單字、用語糾錯法>針對相似詞語提出說明。

第十課<看廣告學英文>除了介紹一些大家耳熟能詳的英語廣告用語，也教讀者們如何活用於日常生活中。

經過這十堂課的洗禮，相信你的英文即使目前處在谷底中，也有機會大躍進，成為英語達人，學歷、薪水與人生也跟著水漲船高！讓英文不再成為你的生活、學習、生涯的絆腳石，而是奠定未來成功的墊腳石。

寫給所有想從英文谷底翻身的人

李正凡 於台北
January. 2014

目錄

CONTENTS

LESSON 03 「懶人包」英文閱讀法

LESSON 04 中文轉個彎就能學成口語英文

LESSON 05 立馬見效的英文寫作課

符 號 表

S	主詞	Vi	不及物動詞
N	名詞	Vt	及物動詞
O	受詞	Adj	形容詞
SC	主詞補語	Adv	副詞
OC	受詞補語	V-ing	現在分詞、動名詞
Vr	原形動詞	Pp	過去分詞

Lesson
1

學英文
也要跟上
數位化時代

01 全球腔英文的來臨

　　國內的升學或就業考試多半只考筆試，所以有不少人是為了應付考試而努力學英文；但是，若要那些在各種英文考試中身經百戰的高手開口講英文，他們常常立刻退避三舍。

　　很多學生視講英文為畏途，生怕講錯而不敢開口講英文。一些學者、專業書刊針對此問題做過很多的探討，也提出了建議，不外乎是「四多」：多開口講，多找外國人練習，多背單字，多塑造全英語環境；「四不」：不害羞，不怕犯錯，不要太在意文法，不要怕發音爛。

　　以我教書二十幾年、教學範圍涵蓋基礎英語到進階英語的經驗來看，學生不敢開口講英文，是因為單字、片語量不足，或者缺少講英文的機會，但是最主要的原因還是出在發音問題！他們擔心自己一開口就是台式腔調，會被老師糾正，因此上會話課時，往往只是 warm bodies，而無法從練習中得到進步或成就感。

　　很多學生自小一開口講英文即被挑剔發音，所以造成心理障礙，講英文時會先注意發音是否準確才敢開口講，久而久之，形成了一種難以克服的英語口語魔障。

　　現今，還是有不少人認為發音標準才是學習語言的王道，所以就有人主張開正音班課程，找一個 native speaker 或者是字正腔圓的本土老師來上課，矯正學生的發音，坊間也出版了不少知名學者或英文老師矯正學生英語發音的書。

　　「矯正發音」一定要有所本，所謂的標準發音，以目前的台灣社會來講，通常是「美式發音」，因此會講一口流利的美式腔調英文，鐵定會羨煞很多人！尤其很多家長講的是台式腔調英文，很希望自己的子女可以講一口流暢的美式腔調英文。

事實上，美國幅員廣大，各地有各自的腔調，何謂「標準的美式腔調」，界定起來都有問題；除了一些有心人士推波助瀾之外，連 native speakers 都不會太挑剔 non-native speakers 的腔調。

在全球化的趨勢之下，英文不只是一種國際性語言（an international language）而是成為全球性的語言（a global language），當你有機會遇到不同國家的人，不難發現，他們以英文為主要的溝通工具，但他們講英文時，各種意想不到的腔調都有，所以美式腔調早已不是唯一的標準。

我曾與新加坡人用英文交談，第一次無法完全聽懂他們的 Singlish，但是習慣就好，語言的腔調很多都是習慣性的問題。我的岳父是山東人，他不會講台語，我都是以國語跟他交談，但是他所講的並不是我們所熟悉的北京話而是腔調濃厚的山東話，起初我幾乎聽不懂他所說的話，但是日子一久，相處機會愈多，交談的次數多了，自然而然也就習慣山東國語，可以跟他侃侃而談。從這個例子可以看出，腔調並不是溝通的最大問題，語言溝通的最大障礙在於不會講，用語不正確、不流利，絕對不是發音的問題。**現在是全球腔的英文時代，把所謂的「美式發音」、「英式發音」拋諸腦後，勇敢地開口講英文吧！**

02

「觀念」放一邊，
「方法」才給力

以前在教高中時，每到學期開始或結束時，我不免俗地，會效法前輩在課堂上講一些冠冕堂皇的話，例如英文是國際性語言，學習英文多麼重要，學好英文才能考上好大學，找到好工作⋯⋯

每次我站在台上苦口婆心地講這些話時，常覺得自己好像是英文救世祖一樣，肩負著神聖的英文教育使命。

有一次，按照慣例，我又在開學時講述英文萬能的大道理時，有位同學不耐煩地講：「老師你所講的觀念，我們從小聽到大，有沒有別的可以講？」

此時，我突然恍然大悟，這些「老掉牙」的觀念，他們當然知道，也早已從師長口中聽過無數次，耳朵聽到都快長繭了。

撇開那些不用功的學生（雖然他們英文不好，但是個個都知道英文的重要性），大多數的學生很認真的在學習英文，但是英文對他們來說，一直以來都不是麻吉的好朋友，而是陌生人。換句話說，身為師長的我們，經常滔滔不絕所講的 cliché（陳腔濫調），學生們不是不知道，也有認真學好英文的覺悟；但是，為何英文還是學不好呢？

追根究柢，是因為一些自許為「專家」的英語老師，所提供學習的方法是「紙上談兵」，派不上用場，所以徒勞無功。

我記得以前讀國中與高中時，老師經常不約而同地告訴我們一種英文的學習方法，就是「背字典」。這些老師絕對不會說自己就是這樣學習英文的，而是說「他／她的同學」每天從字典上撕下一頁在火車或公車上努力背誦，日積月累之後，英文頂呱呱！因為那些老師生怕被同學反問，「那老師整本字典已經背了很多遍,英文一定嚇嚇叫囉?」

聽了老師們「英文成績指日可待」的諄諄教誨,真的有同學確實照做。不過,這種「背字典英文會變好的神話」沒多久就破滅了!原因無它,人的恆心是脆弱的,無法持之以恆;再加上背了後面的單字很容易就忘記前面記的單字,也就不了了之。

我曾聽過一位名人談到如何擁有令人稱羨的英文能力,方法就是背字典,更讓我驚訝的是,現在已經是網路、智慧型手機發達的年代,她竟然還鼓勵學子們用這樣「LKK」的方法學習英語;說真的,學生只會當成「肖話」罷了!

現在已經是二十一世紀,難道沒有更有效、更簡單的方法,可以將英文學好嗎?有必要再用這種土法煉鋼的方式來打造英文能力嗎?我深深覺得,**以前行得通的方法現在不見得可行,英語學習方法也得跟得上數位化時代才行!**

以前,我曾經參加以「英語教學為主題」的研討會,會中有老師發表以「e-mail」的方式,讓同學彼此用英文溝通,藉此增進英文寫作能力。這個構想很好,但是這位老師並沒有將學生依照程度分組,只是要求學生一個禮拜必須與不同的學生做至少三次的 e-mail 對談。

這樣的做法產生了「亂槍打鳥」的問題,學生任選一個主題對談,不知道自己所講的是否正確,日子一久,也不會有任何成效。假如他們都一直在講錯的英文,老師也沒有任何機制可以改正他們的錯誤,很可能積非成是。

早在九〇年代時,我就已經提出數篇論文,探討如何善用網際網路增加自己的英文能力。我所使用的方法,是先將學生依程度分組,然後按照我所指定的主題以 e-mail 對話,程度較好的學生可以幫比較不好的學生修改英文。然後,我會花時間檢查他們的通信內容,藉此了解他們的程度,以及修改錯誤的地方。

在 MSN 發明後，我跟學生約定，利用三到五分鐘時間與我線上通訊，然後統整出學生最常犯的錯誤，請他們一一改正。如此一來，可以增加學生英文回應的速度；另一方面，因應不同的談論主題，學生必須事先準備相關的單字、片語，英文能力也大幅提升。

　　學習英文的王道是「正確的方法」，絕不是高來高去的「高深理論」。

　　最近我看了一本由國內知名英文系教授所寫的英文學習書，讀完之後，有一種想法浮現於我的心中，「把英文學好有這麼複雜嗎？」

　　這本書強調國家、企業競爭力與英語能力的關係，以及各國英語教學實例與學習策略，這些「老生常談」，家長、學生們早已耳熟能詳。除此之外，這本書提到很多國外知名學者、專家所講的話，並且恫嚇大家，「一定得學好英文，才有獨立思考與判斷力」，我認為與其營造這種「在全球化的時代，英文不好就會完蛋」的「集體恐慌」，不如提出確實有效的方法，讓學生可以「立馬」學好英文。不然「改善英語教學研討會」一場一場的開，台灣的英語教育還是停滯不前，不僅勞民傷財，學好英文仍是是「海市蜃樓」。

　　俗話說，「不管是黑貓、白貓，能抓到老鼠就是好貓。」所以，即使沒有學術理論做為背景，還是可以讓學生以快、狠、準的方式學好英文，那就是提供好的學習方法。

　　學習英文這檔事，其實「方法」才給力，不妨學術理論、觀念放一邊。若是本末倒置的話，學好英文永遠都是「到不了」的目標。

Lesson 2

不用背的文法技巧

01 只能使用 that 當關係代名詞

　　我記得在讀國二時，學到關係代名詞時，對於只能使用 that 當關係代名詞的部分很「無感」。當時，老師在黑板上列出一些字，說明若是先行詞裡有這些字時，只能用 that 當關係代名詞，我只好把它們背起來。死背的方式下場一定是「忘記」，所以每當考試考到關係代名詞時，只好硬著頭皮再背一次。

　　當了老師後，我覺得有必要將這些字整合起來，以簡單易懂的方式傳授給學生，雖然在口語上，我們很少使用關係代名詞，但是在閱讀與寫作時，關係代名詞是不可或缺的文法，於是我透過統計學的原理，找出這些字的特色，形成「秒殺口訣」，幫助學生免於背誦的方式學習。

秒殺英文法

☛ 對象清楚 / 完全概念字 +that 當關係代名詞

NOTE
- 對象清楚：人＋動物，the only, the very, the first, the second, the last, the same, the most, it is ＋強調的字＋ that ～
- 完全概念字：every, no, any, all

實例講解

1. **The boy and a dog that** are crossing the road live near us.
   正在過馬路的男孩與小狗住在我家附近。

2. Jack is **the very person <u>that</u>** can unravel this riddle.
傑克正是可以解開此謎題的人。
NOTE
● the very person 正是這個人＝對象清楚

3. She is **the last person <u>that</u>** I can trust.
她是我最不能信任的人。
NOTE
● the last person 最不能～的人＝對象清楚

4. Mandy is **the most fabulous girl <u>that</u>** I have ever seen.
曼蒂是我見過最迷人的女孩。
NOTE
● the most fabulous girl ＝對象清楚

5. **It was Helen <u>that</u>** made a cheat on the exam.
就是海倫考試作弊。
NOTE
● It was Helen ＝對象清楚，此句話的先行詞是人時，
也可以用 who

6. The manager deals meticulously with **everything <u>that</u>** is pertinent to the investments in the emerging markets.
這位經理小心翼翼地處理每一件有關於新興市場的投資。
NOTE
● everything ＝毫無例外＝完全概念

7. **Anyone <u>that</u>** believes what he said is an idiot.
任何相信他講話的人都是白痴。

● anyone ＝毫無例外＝完全概念

8. **All** the stories **that** were written by the writer are relevant to his real experiences.

由這位作家所寫的所有故事都是他個人的親身經驗。

NOTE
● all ＝毫無例外＝完全概念

說文解字

unravel	[ʌn`ræv!]	(v.)	解開 (問題、謎題)
fabulous	[`fæbjələs]	(adj.)	迷人的
meticulously	[mə`tɪkjələslɪ]	(adv.)	小心翼翼地
pertinent	[`pɜtənənt]	(adj.)	有關於

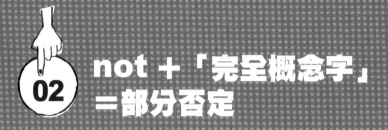
我有一次搭火車時看到一位同學在看這樣的英文公式：

not +

every	並非每一個都
both	並非兩者都
all	並非全都
always	未必
necessarily	未必
essentially	未必

這樣的公式，想必你我都很熟悉，它只列出這些字，並無介紹來龍去脈，無疑又是要求學生死背。那是否有方法可以將這些字以簡單的口訣帶過呢？答案是肯定的，可以從這些字的屬性著手。這些字皆是肯定的字眼，而且是強烈肯定，毫無例外，我稱這些字為「完全概念字」。**完全概念字＋ not 時，會形成部分否定而不是完全否定。**

秒殺英文法

☞ not ＋完全概念字＝部分否定

實例講解

1. **Not every child** has an affinity for outdoor activities.
   並非每一個小孩都喜歡戶外活動。

2. **Not both** of them are bilious.
   並非他們兩者脾氣都很壞。

3. **All** of the students are **not** docile.
並非所有的學生都很容易教導。

4. Conservativeness is **not always** negative.
保守未必是件壞事。

5. The downtick of the oil price is **not necessarily** favorable for all countries.
石油價格的下跌未必有利於所有的國家。

6. Those who speak English fluently are **not essentially** native speakers.
講一口流利英文的人未必是英語為母語的人士。

NOTE
● 兩者全部否定：neither。
三者或以上全部否定：none。

說文解字

affinity	[əˋfɪnətɪ]	(n.)	喜歡
bilious	[ˋbɪljəs]	(adj.)	脾氣壞的
docile	[ˋdɑsḷ]	(adj.)	易教導的
downtick	[ˈdɑʊntɪk]	(n.)	下跌

區別 in the morning 與 on the morning of Sunday

好些年前，國小師資班曾經考過類似的題目：

She goes to church _____ .

A. in the morning of every Sunday

B. at the morning of every Sunday

C. on the morning of every Sunday

D. during the morning of Sunday

那年很多學生選 A，因為 in the morning 的緣故，雖然與 every Sunday 連用，介係詞應該還是不變。但是正確答案是 C，因為 on 要加特定日期，換句話說，只要是「星期幾」的介係詞就得使用 on。

秒殺英文法

☛at ＋ 定點時間

☛in ＋ 一段時間

☛on ＋ 星期幾

實例講解

1. He made an appointment with me **at 3：00** yesterday afternoon.
   他昨天下午三點與我有約。

2. She usually jogs **in the morning**.
   她通常在早晨慢跑。

3. We would like to go on a barbecue on the afternoon of this **Saturday**.
   我們想在星期六下午烤肉。

04 who has + N 的變形

關係代名詞對於 native speakers 來講也是相當頭痛的文法，因為它有一些規則，所以很少在日常生活中使用，大部分都使用在寫作上；也因為如此，我們只要學習英文閱讀與寫作時就必須學會關係代名詞的用法。它不常使用於口語上，所以在口語上常會將關係代名詞的用法簡化，例如 who has + N = with（有著）+ N，此種用法也普遍應用在寫作上。

秒殺英文法

☛who has + N = with + N

實例講解

1. The lady **with**（who has） gray hair is my neighbor.
   那位白頭髮的女士是我的鄰居。

2. The high rise building **with**（which has）deluxe restaurants has emerged as a landmark.
   那棟有豪華餐廳的大樓變成了地標。

3. The vending machines **with**（which has） a diversity of drinks are prohibited in the schoolyard of elementary schools.
   販賣各式飲料的販賣機被禁止放置在小學校園中。

4. New York City **with**（which has） the Statue of Liberty attracts numerous visitors every year.
   有著自由女神像的紐約市每年都吸引了無數的觀光客。

5. The girl **with**（who has）a mesmerizing smile is a heartthrob in the high school.
有著迷人笑容的女孩是這所高中的萬人迷。

說文解字

deluxe	[dɪ`lʌks]	（adj.）	豪華的
emerge as		（v.）	成為
landmark	[`lænd,mɑrk]	（n.）	地標
a diversity of		（n.）	各式各樣
prohibit	[prə`hɪbɪt]	（v.）	禁止
schoolyard	[`skul,jɑrd]	（n.）	（大學以下的）校園
mesmerizing	[`mɛsmə,raɪzɪŋ]	（adj.）	迷人的
heartthrob	[`hɑrt,θrɑb]	（n.）	萬人迷；迷戀的對象

05 except 的用法

很多人無法分辨 besides（尚有，還有）與 except（除了～之外）這兩者的差異。

Besides English, we still have to learn math, physics, chemistry, history, and geography.（除了英文之外，我們還得學數學、物理、化學、歷史、地理。）

由上述的例句可以得知，besides（尚有，還有）是「加」的概念。

Nobody except you is allowed to read the letter.（除了你之外，沒人可以讀這一封信。）

由上述的例句可以得知，except（除了～之外）是「唯一」的概念。

except 有時還與 for 連用，這也困擾著很多的同學，它們之間只有細微的差別。

秒殺英文法

☛ 完全概念字（every, all, no, any）
☛ 同類人事物
☛ 不可置於句首
☛ 可＋ to ＋ vr. / 可＋子句

NOTE
● except for 的用法與 except 的用法相反

實例講解

1. I don't trust **anybody, except** you.
   除了你，我誰都不相信。
   NOTE
   ● anybody ＝完全概念字
   ● anybody 與 you 同類

2. **Everybody** was busy **except** Tim.
   除了提姆之外，每一個人都很忙。
   NOTE
   ● everybody ＝完全概念字
   ● everybody 與 Tim 同類

3. **Except for** the ending, the movie is quite good.
   除了結局之外，這部電影相當好看。
   NOTE
   ● Except for ＋ n. 可以置於句首（except不可置於句首）
   ● ending ≠ the movie 不同類

4. I have no alternative **except to** accept his proposal.
   我別無選擇，只好接受他的提議。
   NOTE
   ● except to ＋ vr.

5. I know nothing about her **except that** she is my neighbor.
   我除了知道她是我的鄰居之外，其他一概不知。
   NOTE
   ● except that ＋子句

06 半使役動詞的用法

這類動詞不多，最常見的是 wish、want、get、cause、force 這五個動詞，因為它們的用法特殊，時常困擾著同學，使大家不知所措！

秒殺英文法

wish
want 　人 + to + vr.（主動 = 非使役動詞）
get
cause 　物 + p.p.　　（被動 = 使役動詞）
force

NOTE
● 使役動詞的特色是之後的動詞，需省略 to
● 此口訣也可以看成主動 + to vr.，被動 +p.p.

實例講解

1. I **wish <u>you</u> to bring** me some books.
   我想要你帶一些書給我。
   NOTE
   ● you ＝人＝主動＝ to bring

2. The manager **wants <u>me</u> to keep** this plan in perspective.
   經理要我對這計畫做全盤的觀察。
   NOTE

● me ＝人＝主動＝ to keep

3. The manager **wants the plan examined** cautiously.
經理要求仔細審查這個計畫。。
NOTE
● the plan ＝物＝被動＝ examined（省略 to be）

4. The professor **gets his assistant to apply** for the research plan.
教授要助理去申請此項研究計畫。
NOTE
● his assistant ＝人＝主動＝ to apply

5. The professor **gets the plan finished** within two weeks.
教授要此項計畫須在兩個禮拜內完成。
NOTE
● the plan ＝物＝被動＝ finished（省略 to be）

6. What **caused the boy to play** truant from school?
這個男孩為什麼逃學？
NOTE
● the boy ＝人＝主動＝ to play

7. His swiftness **caused the work finished** by the deadline.
他的敏捷使得這工作可以在截止日期前完成。
NOTE
● the work ＝事物＝被動＝ finished（省略 to be）

8. The policemen **forced the robbers to give up** their arms.
警察迫使搶匪們放下他們的武器。

● the robbers ＝人＝主動＝ to give up

9. The financial crisis forced **some of the company's assets** auctioned.

財務危機迫使這家公司拍賣它的一些資產。

● some of the company's assets ＝物＝被動＝ auctioned（省略 to be）

動詞＋人＋ of ＋物

　　這一類的動詞經常出現在文章中與考題中,它與文法無關,而是與這些字的用法有關。一般老師與參考書的做法通常是列出這些字,要你死背!的確,英文動詞的慣用法有時是無規則可循,但是可以透過整合的方式讓它有系統,或者以意象化的編排方式,更容易記住!透過此兩種方式,可將這類動詞歸納為兩種。

秒殺英文法

☛ 奪取類動詞＋人＋ of ＋物

NOTE

● 奪取類動詞:bereave, deprive, divest, rob, strip,此類動詞不可以＋人稱所有格＋物,而需先＋人＋ of(所有格)＋物＝從人的身上把東西奪走

☛ (warn, accuse)
　(rob, deprive, cheat)　　＋人＋ of ＋物
　(remind, inform, cure)
　(relieve)

以如此的排列方式可得一意象化的口訣:

(warn 警告,accuse 控訴)那些(rob 搶劫,deprive 剝奪,cheat 欺騙)的人(remind 提醒,inform 告知,cure 去治療)然後(relieve 減輕)

他們的症狀。

- 意象化口訣主要是以「聯想法」找到「大樹：warn、accuse」再找「樹枝」，構成具體意象，只要記得「大樹」，「樹枝」便會呼之欲出。

實例講解

1. The radiation leak **bereaved** her **of** her son.
   輻射外洩奪走她兒子的性命。

2. His imprisonment **divested** him **of** his suffrage.
   他因為入監服刑被剝奪了投票權。

3. Poverty **stripped** her **of** the right to receive education.
   貧窮剝奪她的受教權。

4. The staffer **accused** his boss **of** defaulting on his salary.
   該名員工指控他的老闆拖欠他的薪水。

5. The imposter **cheated** the old woman **of** her house and money.
   那個騙子拐走了那個老婦人的房子和錢。。

6. She **informed** me **of** my son's safe arrival.
   她通知我，我兒子平安抵達了。

7. Penicillin **cured** me **of** pneumonia.
   盤尼西林（青黴素）治癒了我的肺炎。

8. The medicine **relieved** him **of** the cold symptoms.
   這些藥減緩他感冒的症狀。

引導間接問句的動詞

曾經在網路上有學生問我，何謂「間接問句」？我只寫了一句話便秒殺它：疑問詞置於句中＝間接問句，無須倒裝，例如 I wonder when he will come tomorrow. 我想知道他明天何時會來。只有「訊息傳達類」的動詞才能引導間接問句，此類動詞如下：hear、wonder、ask、know、remember、tell、doubt，透過整合，可得一意象化的口訣。

秒殺英文法

☞（hear 聽到了）就會（wonder 想知道），（ask 問了）就會（know 知道），（remember 記起來），（tell 告訴）人家，就會解除（doubt 懷疑）。

實例講解

1. Did you **hear what he said**?
   你有聽到他說的話嗎？
   NOTE
   ●疑問詞置於句中，無須倒裝
   ●倒裝一遍即可：Did you hear…?

2. **I wonder whether he subscribed to** the plan.
   我想知道他是否同意這項計畫。
   NOTE
   ●疑問詞置於句中，無須倒裝

3. I **asked** him **if the investment plan was thwarted**.
我問他是否這項投資計畫受到阻礙。
NOTE
●疑問詞置於句中，無須倒裝

4. Do you **know why he is in doldrums**?
你知道他為何沮喪嗎？
NOTE
●疑問詞置於句中，無須倒裝
●倒裝一遍即可：Do you know…?

5. Do you **remember what date is her birthday**?
你記得她的生日是哪一天嗎？
NOTE
●疑問詞置於句中，無須倒裝
●倒裝一遍即可：Do you remember…?

6. He **told** me **why he got even with her**.
他告訴我他為何向她報復。
NOTE
●疑問詞置於句中，無須倒裝

7. The lady **doubted whether he had shaken off the dust**.
那名女士不太確信他是否已擺脫陰霾。
NOTE
●疑問詞置於句中，無須倒裝

說文解字

subscribe to			同意
thwart	[θwɔrt]	（v.）	阻礙
doldrums	[ˋdɑldrəmz]	（n.）	沮喪
get even with		（v.）	報復
shake off the dust			擺脫陰霾

09 字尾是 f / fe，改成複數時不＋ ves 的字

　　英文的名詞單 / 複數相對於其他歐洲語言顯得單純多了！複數名詞通常在字尾＋ s，不規則的變化只占少數。其中字尾是 f / fe 則要去掉，改成 ves，但是又有一些字例外，只＋ s，這樣的例外也困惑了不少人。其實，這樣的例外無從解釋，與文法無關，而與字的用法有關，死記當然容易忘記，最好是用意象聯想法，聯想出畫面比較容易停留在我們的腦海中！

　　將單字「意象化」是將字彙從文字轉成意象，以「具體意象」取代「抽象文字」。最好的方式是「枝狀圖聯想法」，以「大樹」（中心字）為中心，再以此為出發點，連結其他樹枝，構成綿密相關的枝狀圖，只要能記住「大樹」，其他的「樹枝」便可以呼之欲出。

秒殺英文法

☞（chief 首領），拿著（handkerchief 手帕），越過（cliff 山崖），翻過（roof 屋頂），打開（safe 保險箱），拿出（proof 證據）和（belief 信仰）形成複數時＋ s 即可。

10 供給類動詞的用法

供給類的動詞是屬於授與動詞的一種，但是它在用法上有一點不同，授與動詞通常都是＋人＋物，供給類動詞通常是＋人＋ with ＋物。常見的供給類動詞：provide, supply, furnish, equip, feed。例外：offer / proffer ＋人＋物

實例講解

1. The orphanage contrives to **provide** those orphans **with** sufficient food and clothing.
   孤兒院設法提供那些孤兒足夠的食物與衣物。

2. The power plant seems unable to **supply** the adjacent areas **with** adequate electricity.
   這座發電廠似乎無法提供鄰近地區足夠的電力。

3. The company will **furnish** you **with** all the stationery you need.
   公司將會提供你所需的所有文具。

4. The company **equipped** the laboratory **with** cutting-edge facilities.
   公司替實驗室裝設了最先進的設備。

5. The manufacturing department **feeds** the products **with** raw materials.
   這個生產部門提供產品所需的原料。

NOTE
●供給類動詞＋物＋ for ＋人

11 不能＋as 的視為動詞

　　曾經有網友在 Facebook 問我，可以講 "We regard her as the most beautiful girl in our community."（我們視她為我們社區最美麗的女孩），但為何不能講成 "We think her as the most beautiful girl in our community."。這種差異性在英文的用法中時常見到，無法很明白的講它們的不同，因為語言在單字用法中往往是 arbitrary（任意性的），無法一言以蔽之。通常我碰到類似的問題就會開玩笑地說：「你可以晚上作夢時，去問問講英文的祖先們，為何這個字的用法是這樣，不過你得先會講英文！只是就算真的夢到，你也會講英文，所得到的答案應該是——我的祖先也是這樣子教我的。」從這個玩笑話可以得知，若要區分為何 think 不加 as，往往是徒勞無功的，應付這一種語言的「任意性」得靠「勤勞」與「記憶」，多看幾遍即可。若你還是無法掌握此種用法，只有兩個字可以解釋：「懶惰」在作祟而已。

秒殺英文法

☛ 認為動詞：
● think / consider / deem / believe ＋ O ＋不加 as ～

☛ 視為動詞：
● regard / view / treat / reckon ＋ O ＋ as ～
● think of / look upon（on）/ refer to ＋ O ＋ as ～

1. We **consider** the mechanic（to be）fully-fledged.
   我們認為這名技術人員是經驗老到的。
   NOTE
   ●認為動詞之後皆可以＋ to be，但是可以省略。

2. The old lady **believed** the man（to be） reliable.
   這位年長的女士認為他是可以值得信賴的人。

3. All the teachers **think of** the mischievous boy **as** a trouble maker.
   所有老師都把這個頑皮男孩當成是麻煩製造者。

4. The manager **looked upon**（on） his proposal **as** fantastic.
   經理認為他的提議是不切實際的。

5. Consumers **refer to** the shopping mall **as** a constellation of living necessities and fashionable products.
   消費者視這個大賣場為日常生活必需品與時尚產品的匯集地。

說文解字

fully-fledged		（adj.）	經驗老到的
mischievous	[ˋmɪstʃɪvəs]	（adj.）	頑皮的
fantastic	[fænˋtæstɪk]	（adj.）	不切實際的
constellation	[ˌkɑnstəˋleʃən]	（n.）	匯集，群集

12 最高級與 the 的連用

　　大部分的老師與教科書在講到最高級的部分時，往往一語帶過，最高級需與 the 連用，所以學生習以為常地認為，只要是最高級便需加 the。但你一定在很多場合看見最高級不與 the 連用，此時就會認為未加 the 的最高級用法是違反文法的。最高級需加 the 這種說法，只能說「只知其一不知其二」，我用一句口訣便可以輕輕鬆鬆 KO 它。

秒殺英文法

☞ 最高級形容詞的限定用法＋ the，其他的最高級不＋ the

實例講解

1. She is **the most capricious girl** that I have ever seen.
   她是我看過最善變的女孩。
   NOTE
   ● the most capricious girl ＝最高級形容詞的限定用法（限定的人）。

2. Barring watching TV, surfing on the Internet is **the most interesting** thing for me.
   除了看電視之外，上網對我而言是最感興趣的。
   NOTE
   ● the most interesting thing ＝最高級形容詞的限定用法（限定的事）。

3. His full concentration on his work is **the most perverse behavior** today.

他完全投入於工作是他今天最反常的行為。

NOTE
- the most perverse behavior ＝最高級形容詞的限定用法（限定的事）。

4. I love you **most**.
我最愛你。

NOTE
- 此句中的 most 不是形容詞，而是副詞，故不＋ the。

5. She is **most lethargic** in the afternoon.
她在下午是最沒有精神的。

NOTE
- 此句中的 most lethargic 最沒有精神的，修飾「她在下午」的常態，意即每天下午都是如此的狀態，並不是最高級形容詞的限定用法，故不＋ the。
- 可以把 most + adj. 看成 very + adj.，所以 most lethargic = very lethargic。

6. The manager dealt with the crisis **most meticulously**.
這位經理以最小心的態度處理這次的危機。

NOTE
- most 當副詞修飾 meticulously，故不＋ the。

說文解字

capricious	[kəˋprɪʃəs]	（adj.）	善變的；任性的
barring	[ˋbɑrɪŋ]	（prep.）	除了～以外
perverse	[pɚˋvɝs]	（adj.）	反常的
lethargic	[lɪˋθɑrdʒɪk]	（adj.）	無精打采的；昏昏欲睡的
meticulously	[məˋtɪkjələslɪ]	（adv.）	小心翼翼地

13 while 的用法

英文是一字多義，在不同情況下會產生不同的意義，while 是經常令大家感到困惑的字。從一開始學英文接觸 while 這個字的時候，它通常是表示一段的時間連接詞，譯成中文為「當～時候」，但是以此意解釋所有情況的時候，往往會「牛頭對不上馬嘴」。因為 while 除了可以表示「當～時候」，也可以引導讓步子句（前後子句呈現互相矛盾之意），所以若要搞懂 while，一定得先區分「與時間有關或無關」才可以秒殺它。while 當名詞時，表示時間。

秒殺英文法

- while：與時間有關＝當～時候
- while：與時間無關＝雖然，但是，然而

實例講解

1. **While** I was taking a shower, he came in.
   當他進來時，我正在洗澡。
   NOTE
   ● while ＝與時間有關＝當～時候

2. **While** the customer caviled at the product, the sales clerk kept patient to explicate it to her.
   雖然這位顧客一直挑剔這產品，但是銷售員仍然捺住性子，不斷地為她解釋。

3. Tom feels a strong affinity for Amanda, **while** she declines to be his date.

039

雖然湯姆很喜歡阿曼達，**但是**她婉拒成為他的約會對象（女朋友）。

4. The weather in spring is whimsical, **while** spring is the season for people to go on an outing.
雖然春天的天氣善變，**然而**春天是適合人們出遊的季節。

NOTE
● 2、3、4 的例句中的 while 與時間無關，引導讓步子句，表示「雖然，但是，然而」。

說文解字

cavil at		(adj.)	挑剔
explicate	[`ɛksplɪˌket]	(v.)	解釋；說明
feel a strong affinity for			對異性的喜愛
whimsical	[`hwɪmzɪk!]	(adj.)	善變的

14 once 的用法

曾經有位同學問我 once 的用法，雖然她知道英文是一字多義，但是 once 似乎無一個定性，它有時可以當「一次」、「曾經」或「一旦」，所以無法抓住此字意義的變化。我隨即在黑板上做了一個簡單的講解，寫下這樣的口訣，最後她滿意的離開。

秒殺英文法

☞Once＋S＋V...,（一旦，置於副詞子句的句首）

☞S＋once＋過去式 V...（曾經，與過去式動詞連用）

☞S＋V...once.（一次，頻率副詞，置於句尾）

NOTE
●若要掌握 once 的用法需先掌握它的位置，從位置去判定，就會事半功倍。

實例講解

1. **Once** you default on the debts, we will file lawsuits against you.
   一旦你拖欠債款，我們就會對你提起訴訟。

2. Beeper **once** saw a tremendous upsurge in worldwide popularity.
   傳呼器**曾經**流行於全球。

3. I play tennis **once** a week.
   我一個禮拜打網球**一次**。

default	[dɪˋfɔlt]	(v.)	拖欠;不履行
lawsuit	[ˋlɔ,sut]	(n.)	訴訟
beeper	[ˋbipɚ]	(n.)	傳呼器
tremendous	[trɪˋmɛndəs]	(adj.)	巨大的,極度的
upsurge	[ʌpˋsɝdʒ]	(n.)	高漲

15 關係代名詞與 關係副詞的差別

　　有位職場人士在我的 Facebook 問了這個問題："I live in Los Angles, which is a prosperous city."（我住在洛杉磯，它是一座繁榮的城市。）為何此句話中使用關係代名詞 which，而不是使用關係副詞 where？她以前的老師教導，只要是先行詞為地方的話，需使用 where。這種講法是「以偏概全」，首先，**從代名詞與副詞的特性著手，代名詞可分主格、所有格與受格，關係詞有連接詞的功能，所以，關係代名詞＝連接詞＋代名詞，需與不完整句連用，才有填入主格、所有格與受格的空間。副詞可表示時間、原因、條件、讓步，所以，關係副詞＝連接詞＋副詞，需與完整句連用，不缺主詞與受詞，而是缺副詞。**

　　從上述的區分來看：

　　"I live in Los Angles, which is a prosperous city."

　　先行詞＝ Los Angles，_____ is a prosperous city.

　　此形容詞子句為不完整句，該空格缺主詞，不是缺副詞，所以需填入 which 主格，當作形容詞子句的主詞。

秒殺英文法

☞ 關係代名詞　＋　不完整句 （缺主詞或受詞）
☞ 關係副詞　　＋　完整句　 （無缺主詞或受詞）

NOTE

● 使用關係代名詞或關係副詞不是由先行詞決定，
　 而是由完整句或不完整句決定。

●只要看到關係副詞 when, where, why, how ＋
完整句，其他關係詞皆＋不完整句。

實例講解

1. I live in **Los Angles, in which** Hollywood is located.
我住在洛杉磯，好萊塢位於洛杉磯。
NOTE
●此形容詞子句為不完整句，缺受詞，介係詞後＋
受格，in which ＝ in Los Angles

2. I live in **Los Angles, where** a legion of renowned
movie stars and signers live.
我住在洛杉磯，同時也有許多知名影星與歌手住在那裡。
NOTE
●此形容詞子句為完整句，不缺主詞與受詞，而是缺
地方副詞，故使用 where ＝ in Los Angles

3. I would like to know **the reason why** she tried her
best to cater to me.
我想知道她為何盡全力迎合我。
NOTE
●此形容詞子句為完整句，不缺主詞與受詞，而是缺
理由副詞，故使用 why 修飾說明 the reason。此
句話也可以去掉 the reason，而形成 "I would like
to know why she tried her best to cater to me."

4. He was born in **1969, when** humans landed on
the moon.
他出生於一九六九年，那一年人類登陸地球。
NOTE
●此形容詞子句為完整句，不缺主詞與受詞，而是缺
時間副詞，故使用 when ＝ in 1969

5. He didn't know **the way** he contacted me.
   他不知道聯絡我的方法。
   NOTE
   ● 此形容詞子句為完整句，不缺主詞與受詞，但是
     習慣用法上，the way 通常不與 how 連用，此句
     話也可以去掉 the way，而形成 "He didn't know
     how he contacted me."

說文解字

a legion of			很多
renowned	[rɪˋnaʊnd]	(adj.)	知名的
cater to		(v.)	迎合
land	[lænd]	(v.)	登陸

16 秒殺介係詞＋關係代名詞

　　我記得在國二時開始學習關係代名詞，那時覺得比其他文法難，但不至於難到無法理解的地步。唯一令我困擾的是介係詞＋關係代名詞的用法，因為老師並沒有講得很清楚，只說介係詞可以置於關係代名詞之前，也可以置於整個子句的句尾。

　　然而，在考題上與閱讀上介係詞通常放在關係代名詞的前面，鮮少置於子句的句尾。也因為關係代名詞之前多個介係詞，顯得有點礙手礙腳，擋住判斷的視線，所以那時對此種用法相當感冒。隨著閱讀量愈來愈多，英文的語感愈來愈好，介係詞＋關係代名詞用法的難題也就迎刃而解。

　　我找到一個方法，可以迅速判斷介詞在此形容此子句是否需要，或者是正確的用法，**例如**："The thing with which I cannot deal is considerably complicated."（我無法處理的這件事情是相當地複雜。）只要把 with which 調至該形容詞子句的句尾，形成 "I cannot deal with which（= with the thing）." 一切變得再清楚不過了！

秒殺英文法

☛ 介係詞＋關係代名詞，換個角度會更好

實例講解

1. There are **some questions of which** I am unaware.
   有一些我沒有注意到的問題。

NOTE
●介詞＋關係代名詞，換個角度會更好＝ I am unaware of which（ = of some questions）

2. Tom is **the boy <u>for whom</u>** we are looking.
湯姆是我們正在找的男孩。
NOTE
●介詞＋關係代名詞，換個角度會更好＝ we are looking for whom（ = for the boy）

3. **All the things <u>to which</u>** the manager keeps alert are the fluctuations of the stock market.
經理所留意的事情就是股票市場的起伏。
NOTE
●介詞＋關係代名詞，換個角度會更好＝ the manager keeps alert to which（ = to all the things）

4. **The person <u>with whom</u>** he is frequently at odds is his wife.
時常與他爭吵的人是他的太太。
NOTE
●介詞＋關係代名詞，換個角度會更好
= he is frequently at odds with whom
= with the person）

5. She won the grand prize, **<u>of which</u>** her younger sister was jealous.
她的妹妹嫉妒她得大獎的事情。
NOTE
●介詞＋關係代名詞，換個角度會更好＝ her younger sister was jealous of which（ = she won the grand prize），此時的 which 代替前面的整個子句

keep alert to		(v.)	留意
fluctuation	[ˌflʌktʃʊˋeʃən]	(n.)	起伏
be at odds with		(v.)	與人爭吵
be jealous of		(v.)	嫉妒

17 複合關係代名詞

　　很多人對於文法術語相當苦惱，偏偏很多的文法書又是「原封不動」使用這些文法術語，徒增學生的困擾！原本關係代名詞在英文文法中已經是比較難懂的文法，連 native speakers 都有點招架不住，更別說是 non-native speakers，再加上一些文法術語如「限定用法、非限定用法」、「複合關係代名詞」、「準關係代名詞」等，對英文學習者來講無疑是雪上加霜。其實，只要抓住訣竅，無須理會那些煩人的術語，會變得比較容易。如本章節所要討論的「複合關係代名詞」，文法書中都會這麼寫：「複合關係代名詞＝先行詞＋關係代名詞，故無須先行詞」，但我通常在課堂講解時，連「複合關係代名詞」的這個術語都不提，改以簡單的口訣輕鬆帶過，如此一來，它就變得簡單許多了！

　　一般教法：

what ＝先行詞＋關係代名詞＝ the thing(s) + which 或 all that

wh-ever ＝ any ～ wh-（引導名詞子句）

　　　　＝ no matter wh-（引導副詞子句）

秒殺英文法

☞ what / wh-ever / however / no matter
　之前不＋名詞（先行詞）

NOTE

● what 之前本來就不＋名詞，例如 "What do you want?" 不會講成 "The thing what do you want?"

- wh- ever / how ever 可以聯想成詞綴 ever 取代先行詞，故無須先行詞。
- no matter 可以聯想成 no matter 取代先行詞，故無須先行詞。

實例講解

1. **What** he said bordered on impoliteness.
   他所說的一切簡直是粗魯無禮。
   NOTE
   ● what 之前不加名詞

2. You must discount **what** he said.
   對於他所說的話，你必須打個折扣。
   NOTE
   ● what 之前不加名詞

3. **No matter whether** our perspective is starry-eyed, we still have to keep on our toes.
   無論我們的看法是否過度樂觀，我們仍然必須保持警覺。
   NOTE
   ● no matter 之前不加名詞

4. **Whoever** breaks the regulation will be chastened.
   無論誰違反此項法規皆會被嚴懲。
   NOTE
   ● wh-ever 之前不加名詞

5. **However** divergent our viewpoints are, we still have to find a way to reach a consensus.
   無論我們的意見多麼分歧，仍然必須找到方法，達成共識。
   NOTE
   ● However 之前不加名詞

說文解字

border on		(v.)	簡直是
discount	[ˋdɪskaʊnt]	(v.)	打折扣
starry-eyed		(adj.)	過度樂觀的，不切實際的
keep on our toes			保持警覺
chasten	[ˋtʃesn̩]	(v.)	嚴懲
divergent	[daɪˋvɝdʒənt]	(adj.)	分歧的
consensus	[kənˋsɛnsəs]	(n.)	共識

18 度量衡形容詞的用法

　　曾經有一位國中生問我，學校的老師說「一個字」的形容詞大多擺在名詞前面，用法與中文一樣，不一樣的是超過一個字以上的形容詞片語和子句就得放在名詞的後面，為什麼 two years old 的 old 是一個字的形容詞，卻放在 two years 名詞後面？

　　我回答，這種用法是習慣性的用法，是一種規定，好比交通規則一樣，告訴你在這裡不能左轉或右轉，就得好好遵守它！但是我有一個很簡單的方法能將這樣的特殊用法一網打盡。

秒殺英文法

☞ 度量衡名詞＋形容詞

實例講解

1. The river is **one thousand miles** <u>long</u>.
   這條河一千英里長。

2. The road is **two feet** <u>wide</u>.
   這馬路兩英尺寬。

3. The tree is **one foot** <u>tall</u>.
   這棵樹一英尺高。

4. The baby is **two years** <u>old</u>.
   這名嬰兒兩歲大。

5. The well is **three meters** <u>deep</u>.
   這口井有三公尺深。

NOTE

● some ～ / no ～ / any ～ / every + adj.，與上述
的用法相同，如 something interesting（令人有趣
的事），nothing special（沒有什麼特別的事），
anything important（任何重要的事），everything
curious（每件令人好奇的事）。

19 幾分之幾的寫法

　　我曾經在一所國立大學演講時要求同學以英文寫出「三分之一」、「三分之二」的英文，結果不出我所料，大部分的人都寫錯！或許你會納悶，「幾分之幾」的講法早在國小或國中階段就已經教過了，為何大部分的人都不會？你不妨拿紙筆把「三分之一」、「三分之二」以英文寫出，就會發現問題在哪裡。

　　或許你會依稀記得使用數字與序數，但是不知道到底是分子用數字還是分母用數字。假如我們不常使用這樣的說法，即使曾經會使用，最後還是會將它還給老師。我當初在學「幾分之幾」時也有這個問題，因為它不是文法，無法以理解的方式取代背誦，而是用法；簡單來講，就是一種純屬記憶的規定！後來我在教書時發明了一套「幾分之幾」的口訣，方便學生記憶。

秒殺英文法

☛ 分子「數字」「大於一」，分母「序數＋ｓ」

NOTE
- 三分之一：分子「數字」沒大於一，分母「序數」不＋ｓ＝ one third
- 三分之二：分子「數字」「大於一」，分母「序數＋ｓ」＝ two thirds
- 四分之三：分子「數字」「大於一」，分母「序數＋ｓ」＝ three fourths
- 五分之一：分子「數字」沒大於一，分母「序數」不＋ｓ＝ one fifth
- 五分之三：分子「數字」「大於一」，分母「序數＋ｓ」＝ three fifths

20 enough 的用法

enough 可以當形容詞與名詞連用，也可以當副詞與動詞、形容詞、副詞連用，不過它的用法與其他的形容詞、副詞不一樣，不是放在所要修飾字的前面。

秒殺英文法

☞enough：後位修飾 （放在所修飾字的後面）

NOTE
● enough ＋名詞，也合語法。

實例講解

1. Some businessmen can't adapt to changes in that they are not provident **enough**.
   有些生意人因為沒有足夠的遠見，因此無法適應改變。
   NOTE
   ● enough（adv.）後位修飾形容詞 provident

2. I cannot run fast **enough**.
   我跑得不夠快！
   NOTE
   ● enough（adv.）後位修飾動詞 run

3. We have **enough** food for everyone.
   我們有足夠的食物給大家吃。
   NOTE
   ● enough（adj.）修飾名詞 food

21 of 與比較級連用

　　學習比較級時，大家對於「最高級需加 the」的規則耳熟能詳，換言之，不是最高級所以就不需加 the。此句話大部分的時候都是對的，但是語言總是有例外，有時候，比較級也需加 the。在此不列出所有的例外，我只討論比較常用的— of 與比較級連用時需加 the。如同前面章節所提到的，此種用法是規定，不屬於文法範圍，屬於記憶範疇。既然是靠記憶，就必須想出一套一勞永逸的方法，永遠可以聯想起來！我常講「既然要記，就要記好記的」，而不要花了時間，卻只是曇花一現，不符合經濟效益。

秒殺英文法

　☞ 看到 of ～（在～之中），一律加 the（不管是比較級或最高級）

實例講解

1. Roger is **the** sloppier **of** the **two** boys.
   羅爵是這兩個男孩中比較懶散的。
   NOTE
   ●看到 of ～（在～之中），一律加 the。

2. **Of** gold and silver, **the** former is the more precious than the latter.
   在金與銀之中，金要比銀更為寶貴。
   NOTE
   ●看到 of ～（在～之中），一律加 the。

3. Lank is **the** tallest **of** the three boys.
藍克是這三個男孩子中最高的。
NOTE
●看到 of ～（在～之中），一律加 the。

4. **Of** all the boys, Eric is **the** most intelligent.
艾立克在所有男孩中是最聰明的。
NOTE
●看到 of ～（在～之中），一律加 the。

22 less 比較級的用法

　　單音節的形容詞,比較級要加 er,多音節的則在前面加 more,這個規則相信大家也是耳熟能詳。而 more 的反義字是 less,所以反過來的話也是在多音節形容詞前加 less。不過這個用法只對一半,因為使用 less 時,不分單音節或多音節,與肯定句時有所不同。

秒殺英文法

☞less ＋單／多音節的形容詞

實例講解

1. He is **less smart** than Tom.
   他不比湯姆聰明。
   NOTE
   ● less + smart（單音節）

2. The domestic cars are **less expensive** than the imported cars.
   國產車比進口車便宜。
   NOTE
   ● less + expensive（多音節）

23 A愈～B愈～

　　英文鮮少有對仗的句法，其中最常用的莫過於 "The ＋比較級＋ SA ＋ be / V ～ , the ＋比較級＋ SB ＋ be / V ～ ." 。若是前後子句皆是 be，皆可以省略；但是如果一個是 be，另一個是一般動詞時，此時的 be 不可省略。眼尖的人會馬上看出這句違反「一句不兩動，若要兩動詞，請＋連接詞」，因為有兩個動詞，但卻無連接詞，違反文法。其實，這是為了句子的對仗而捨棄文法，屬於文章式的英文，如果寫成比較白話式的英文便是 "If SA ＋ V ～ , SB ＋ will ＋ Vr ～ ." 。

秒殺英文法

　☛A / B 對仗

實例講解

1. 一個人賺得愈多，繳的稅也愈多。
   The more money one earns, **the more taxes one will pay**.
 = If one earns more money, one will pay more taxes.

2. 人爬得愈高，空氣變得愈稀薄。
   The higher one climbs, **the thinner the air is**.
 = If one climbs higher, the air is thinner.

24 何時使用比較級與最高級

　　雖然很多人早已學過三級（原級、比較級、最高級）比較，但往往不會用，最大的原因是不知何時使用這三種比較。參考書或者是學校、補習班老師通常列出下列公式，要大家熟背：

1. 原級比較：

　A ＋～ as ＋原級形容詞＋ B

2. 比較級比較：

　A ～比較級＋ than ＋ B

3. 最高級比較：

　A ～ the ＋最高級＋ in ＋地方／ of（among, amid 在～中）＋三者或以上

秒殺英文法

☞ 兩者比較：
- A 與 B 一樣或不一樣：原級
- A 比 B：比較級

☞ 三者或以上的比較：
- A 最～：最高級

實例講解

1. **兩者比較：A 與 B 一樣：原級**
   A tiger is as strong an animal as **a lion**.
   老虎與獅子一樣強壯。

2. 兩者比較：A 與 B 不一樣：原級
He is not so（as） brilliant as **his brother**.
他沒有跟他兄弟一樣聰明。

3. 兩者比較：A 比 B：比較級
The desk is two times wider than **that one**.
這張桌子是那張的兩倍寬。

4. 三者或以上的比較：A 最～：最高級
Math is for me the most difficult **of all subjects**.
在所有的學科中，數學對我而言是最困難的。

25 修飾比較級的副詞

　　一般參考書在介紹修飾比較級的副詞時會列出一大串的副詞如下：much, a lot, a great deal, far, by far, even, still, somewhat, a little, rather ＋比較級。**其實，不用那麼麻煩，只要記住不能＋比較級的副詞即可。在此建議，若要修飾比較級的副詞，最簡潔明瞭便是使用 much，它既可修飾比較級也可修飾最高級。**

秒殺英文法

☞ very 不＋比較級

實例講解

1. He is **much younger** than I.
   他比我年輕許多。

2. I felt **much better**.
   我感覺好多了。

3. The operation of our company will be **much smoother** next year.
   明年我們公司的運作會更順暢。

4. This problem is **very more** complicated than the previous one.(X)
   這個問題要比先前的來得更為複雜。
   NOTE
   ● very 不＋比較級，應改成 much more complicated，但是 very 可＋最高級

5. Pop-up books are **the <u>very</u> most** interesting to kids.(O)
   遊戲書是最讓小孩子感到興趣的書。

26 副詞的插入法則

　　副詞在句中所擺放的位置常常困擾著同學，在此我特別針對副詞的插入法則，做一個簡單的說明：

$$
\left[\begin{array}{l} \text{be} \\ \text{be} \\ \text{助動詞} \\ \text{have} \end{array}\right] + \boxed{\text{adv.}} \quad \begin{array}{l} \text{V-ing} \\ \text{p.p.} \\ \text{Vr.} \\ \text{p.p.} \end{array}
$$

秒殺英文法

☞ 副詞為小三，介於「成雙成對」動詞片語之間

實例講解

1. The denouement of the drama **is incredibly surprising** to most audiences.
   這戲的結局令大部分的觀眾很吃驚。

2. The thorny problem needs to **be immediately solved**.
   這棘手的問題需要立即被解決。

3. We **must efficiently carry out** the scheme.
   我們必須有效率地執行此項計畫。

4. The publisher **has recently published** a set of biographies of the greatest men of the world.
   這家出版社最近出版了一系列的世界偉人傳記。

說文解字

denouement	[ˌdenuˈmã]	（n.）	結局
incredibly	[ɪnˈkrɛdəblɪ]	（adv.）	難以置信地；很；極
thorny	[ˈθɔrnɪ]	（adj.）	棘手的

27 副詞的擺法

　　很多人在寫作時，副詞怎麼擺怎麼不對，尤其是修飾動詞的副詞，有時擺在動詞前，有時擺在動詞後，或整個句子後面。其實它是有跡可循的，在此我以它的修飾功用為基礎，有系統地解釋說明。

一、修飾形容詞：adv. + adj.

1. It's **pretty hard** to get around in this city without

   adv.　　adj.

   public transportation.
   逛這城市若沒有大眾交通工具會是相當困難的事。

2. The woman is doing **extremely tough** labor.

   　　　　　　　　adv.　　　　adj.

   那個女人正做著極粗重的工作。

二、修飾副詞：adv. + adv.（片語、子句）

1. I did the quiz **very well**.

   　　　　　　adv.　adv.

   這次小考我考得很好。

2. He was using foul language **just when his**

   teacher came in.　　　　adv.　　adj. 子句

   正當老師進來時，他正在罵髒話。

三、修飾動詞：

1. S + Vi. + adv.

The house **faces** to the south .
　　　　　　　Vi.　　　adv. 片語
房子向南。

2. S + Vt. +名詞（片語）+ adv.

He **enjoyed** himself to the full .
　　　Vt.　　　　　　　adv.
他盡情地享受。

3. S + adv. + Vt. +名詞子句

She frankly **acknowledged** that she had been torn
　　adv.　　　　Vt.
between career and family.
她坦白承認，自己陷入事業與家庭兩難的局面。

NOTE

● 表狀態的副詞，修飾不及物動詞（Vi.）時，通常置於動詞之後；但修飾及物動詞（Vt.）時，通常置於受詞之後。well 及 hard 只能置於句尾。

● 字尾是 ly 的副詞，修飾及物動詞時，亦可置於動詞前，但 badly 例外。

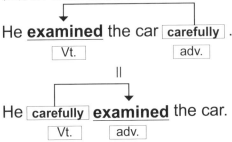

EX 他仔細地檢查這台車。

He **examined** the car carefully .
 Vt.   adv.

‖

He carefully **examined** the car.
 Vt.   adv.

四、修飾「全句」的副詞

1. **Happily**, he didn't die.
= **It was happy** that he didn't die.
 令人高興的是他並沒有死。

2. He didn't die **happily**.
= He didn't die **in a happy way**.
 他死得並不安逸。

NOTE
●修飾「全句」的副詞，若放在句中或句尾，必須加逗
 點，句首則可有可無。

EX 幸運的是，我們以便宜的價格買到了去光水。
 ┌ ●**Fortunately,** we bought nail polish remover at a
 │   low price.
 │ ●We, **fortunately,** bought nail polish remover at a
 │   low price.
 │ ●We bought nail polish remover at a low price,
 └   **fortunately**.

28 that / what
引導名詞子句，置於句首

　　時常有人問我，寫作時如何避免句子無法寫長，寫來寫去都是超級簡單句：主詞＋動詞＋受詞。通常我會回答：「你已經有好的開始了」，因為你已經會寫英文句子，而且也抓到英文句型的精髓。任何英文的句型皆是 S＋V～，那為何無法把句子拉長呢？因為沒有善加使用連接詞，妥善使用連接詞就可以使句子不僅可以拉長，也可以更有彈性與連貫性。連接詞可以分成對等連接詞與從屬連接詞，對等連接詞可以引導對等子句，兩個皆可以各自獨立的子句；從屬連接詞引導從屬子句，不可獨立形成一句，必須依附在主要子句上。常見的對等連接詞包括：and、but、or（否則）、so（所以）、nor（也不）、for（因為）等，其他都是從屬連接詞。在此我只談論 that 與 what 這兩個從屬連接詞所引導的名詞子句當主詞，原因是很多人都會把這兩者搞混，只要從完整句與不完整句著手，可以讓你「立馬」分辨此兩種名詞子句的差異性。

秒殺英文法

☛ That ＋ 完整句　＋　單數 V～
☛ What＋ 不完整句＋　單數 V～

NOTE

● 名詞子句所引導的主詞是在敘述「一件事」，故
　＋單數動詞。

● that 當純粹連接詞時本身無意義，只是為了規避
　一句兩個動詞。

1. **That the authority figure puts a premium on the proportionate allotment of social wealth** is structured upon the opportunity to get well educated and to get employed, the more affordable house prices, and the national health insurance.

   這位權威人士所強調的社會財富分配平均乃是基於有受教育機會、就業機會,可以負擔得起房價與全民健保。

   NOTE
   - That +完整子句=名詞子句當主詞。

2. **What he presumed to do** on the plan is the alteration on the schedule.

   他在這個計畫上擅自作主的事,就是更改行程表。

   NOTE
   - What +不完整子句(do 之後少受詞,what 當 do 的受詞)=名詞子句當主詞。

說文解字

authority figure		(n.)	權威人士
put a premium on		(v.)	強調;重視
proportionate	[prə`porʃənɪt]	(adj.)	均衡的
allotment	[ə`lɑtmənt]	(n.)	分配
presume to + Vr			擅自做～

29 即使 even though 與 even if 的差別

日前有一位正準備國家考試的學生告訴我,他在網路上看到人家討論 even though 與 even if 的差異性用法,才恍然大悟,雖然中文翻譯都是譯成「即使」,這兩者之間是有些微的不同。原本他以為這兩者是同義,可以隨機代換。其實可以從 though 與 if 這兩個字看出端倪。though「雖然」表示在講述一件事實,也就是發生過的事情,如 "Although he was sick, he still went to school."(他雖然生病,但他還是去上學=已發生的事)。if「假如」是假設句法,如 "If I am free, I will go to the movies with you."(假如我有空,我就跟你去看電影=未發生的事)。光從這兩個字就可以立即秒殺 even though 與 even if 的差別。

秒殺英文法

☛even though:已發生
☛even if　　:未發生

實例講解

1. **Even though** our ideas were divergent, we eventually **reached a consensus**.
   即使我們的意見分歧,但是我們最後仍達成共識。
   NOTE
   ●reached a consensus 達成共識=已發生的事。

2. **Even if** you take a taxi, you **won't be able to get there punctually**.
   即使你搭計程車,也無法準時抵達那裡。

- won't be able to get there punctually ＝未發生的事，即使做了，也不會有任何效用，所以不用去做。

說文解字

divergent	[daɪ`vɝdʒənt]	（adj.）	分歧
punctually	[`pʌŋktʃʊəlɪ]	（adv.）	準時地

30 lie 把東西平放的用法

　　lie 這個字，我相信很多人自小就對它產生困惑，因為它可以有「躺」、「（東西）被平放」、「位於」、「說謊」等意思，一般參考書皆會有下列的圖表：

	現在式	過去式	過去完成式	現在分詞
Lie（躺）	lie	lay	lain	lying
Lay（放置；生蛋、產卵）	lay	laid	laid	laying
Lie（說謊）	lie	lied	lied	lying

　　其實，大家最困惑的莫過於 lay 可以是「躺」的過去式，也可以是「放置」的現在式，所以通常我會教學生以「時式」來分辨 lay 是「躺」或者是「放置」。除此之外，lie 也有「使位於」的意思，以物當主詞可以解釋為「（東西）被平放」。lay 當「放置」時，以人當主詞放置某物品，所以在某種程度上 lie 與 lay 皆可以解釋「把東西平放的意思」，差別在於主詞的不同。

秒殺英文法

☛lie / lay（把東西平放）：
● 人＋ lay
● 物＋ lie

1. **His smartphone and notebook lie** on the desk.
   他的智慧型手機與筆記型電腦都放在桌上。
   NOTE
   ● lie / lay（把東西平放）：物＋ lie

2. **The lady lays** some eggs in the basket.
   這位女士把雞蛋放在籃子裡。
   NOTE
   ● lie / lay（把東西平放）：人＋ lay

3. **The spectacular scenes lie** on the eastern coast of Taiwan.
   台灣東海岸的風景頗為壯觀。
   NOTE
   ● lie / lay（把東西平放）：物＋ lie

4. **She lays** the plate on the table.
   她把這個大盤子放在餐桌上。
   NOTE
   ● lie / lay（把東西平放）：人＋ lay

31 看介係詞即可判斷時態？

　　有位網友在我的部落格留言，說她曾經遇到一位老師講解文法時說，只要看介係詞就可以秒殺英文動詞的時態，像是：

ago 過去

in / by ＋未來

for / past / since / recently ＋完成式

by ＋未來時間

　　這似乎跟她從小學的英文動詞時態有落差，例如這位老師講看到 in ＋未來式，past ＋完成式，但是 in the past 這個時間副詞中有in也有past，那到底是要加未來式，還是加完成式呢？

　　事實上，in the past 表示過去，故與過去式連用。她是英文系的學生，發覺到這個公式漏洞百出，問我的看法如何？

　　我回答：「妳的看法是對的！」我教書二十多年來，首次看到這樣的公式。動詞的時態須看時間副詞來決定，無法單看介係詞就可以片面決定動詞的時態。我一一舉例反駁這樣的公式，供大家參考。

秒殺英文法

- ☞ 看到 ago ＋過去式，是毫無疑問的
- ☞ in the past （過去）＋過去式
- ☞ in the past ten years （在過去十年來）＝ 過去＋現在＝現在完成式
- ☞ by next month （在下個月之前）＝未來完成式
- ☞ since （自從）＝時間的起點＝過去式

☞ for ＋一段時間，未必一定是用現在完成式，如：He worked for two days. 他工作兩天了（沒持續到現在） / He has worked for two days. 他到目前為止已工作兩天了（從過去持續到現在）。

實例講解

1. The commercial activities of this district were not flourishing **in the past**.
   以前這個地區的商業活動不熱絡。

2. She **has had** a headache **in the past ten days**.
   過去十天，她一直頭痛。

3. He **will have finished** the work **by next month**.
   他將在下個月前完成此項工作。

4. It is（has been）a long time **since** he **left**.
   自從他離開之後，已過了很長一段時間。

32 sometime / sometimes 的用法

　　大一時我就開始在南陽街的升學補習班擔任英文輔導老師，所以有機會接觸那些曾經轟動一時的補教英文名師，也從中學習他們精闢的教法，當然也有一些我認為「很掉漆」的教法，其中一個便是如何區分以下「四胞胎」：

1.sometime

2.sometimes

3.some time

4.some times

　　我聽過當時幾位名師的講法，都是千篇一律要求學生死背。當時我覺得哪有可能背得起來，即使背起來，一段時間鐵定忘記！所以我就找了幾本字典，從 some 與 time 這兩個字著手，很快地找到它們之間的差異性，到目前為止，我不曾死背這「四胞胎」，但我永遠不會用錯這四個詞彙。

秒殺英文法

☛ some ～＝某

☛ some ＋名詞＝一些

☛ time ＝時間

☛ times ＝次數

☛ sometime ＝某＋時＝<u>某時</u>

☛ sometimes ＝某＋次數＝某幾次＝<u>有時候</u>

☛ some time ＝一些＋時間＝<u>一些（段）時間</u>

☛ some times ＝一些＋次數＝一些次數＝<u>好幾次</u>

1. I met you **sometime** last week.
   我上個禮拜的**某個時候**遇見過你。

2. In the spring, it is **sometimes** cold and **sometimes** warm.
   春天有時候冷**有時候**溫暖。

3. I need **some time** to adapt to the new environment.
   我需要**一些時間**來適應新環境。

4. The doctor has warned the patient of the risk of smoking **some times**.
   醫生已經警告過**好幾次**那位病人抽菸的風險。

33 because / so 的用法

　　我在研究所教書時，有很多研究生都是英語老師，擁有好幾年的英語教學經驗。我問他們：「為何 because / so 不能同時使用？」大部分的答案皆是制式化：「因為規定如此。」或者說：「講到『因為』就知道是『所以』，只要講一個即可。」事實上，because / so 不能連用，不是「字的用法」，也就是說，並不是規定，而是純屬文法上的問題。

秒殺英文法

　☞ because ＝從屬連接詞，so ＝對等連接詞，
　　一句話中的兩個動詞之間只需一個連接詞，故
　　兩者無法同時存在

實例講解

1. Because it **is** extricable, the problem is smoothly solved.
   因為這個問題還有解套方法，所以順利解決了。

2. There **are** a myriad of mistakes in her composition, so she is **required** to rewrite.
   因為她的這一篇作文有很多的錯誤，所以她得重寫。

說文解字

| extricable | [`ɛkstrɪkəbl] | （adj.） | 可以解決的 |
| a myriad of | | | 眾多的 |

34 although / but 的用法

　　although / but 的用法與 because / so 的用法一樣，同屬文法問題，而不是字的用法，無須死背，只靠理解即可！

秒殺英文法

☞ although ＝從屬連接詞，but ＝對等連接詞，一句話中的兩個動詞之間只需一個連接詞，故兩者無法同時存在

實例講解

1. Although he **was reprimanded**, he **was** nonchalant about it.
   雖然他被斥責，但是他毫不在意。

2. He **conjured up** a gorgeous idea to settle this problem, but it **was** fantastic.
   雖然他想出一個極好的點子來解決問題，但是它不切實際。

說文解字

reprimand	[`rɛprə,mænd]	(v.)	斥責
be nonchalant about		(v.)	漠不關心
conjure up		(v.)	想出
gorgeous	[`gɔrdʒəs]	(adj.)	極好的

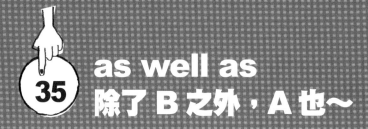

as well as
除了 B 之外，A 也～

在閱讀與寫作上常碰到 as well as 這個片語，但是我發現很多人都不太會使用這個片語，有鑑於此，特別整理出這個片語的口訣，可以一目瞭然，輕鬆上手。

秒殺英文法

☛ 對等連接詞：
　●連接兩個名詞
　●與助動詞／不定詞連用時

☛ 介係詞：置於句首或句尾＋ Ving

實例講解

1. He as well as his students **remains** committed to doing the charity work.
   除了他的學生之外，他也持續致力於做善事。
   NOTE
   ●對等連接詞：連接兩個名詞
   ●動詞單／複數以 A 為主

2. I major in **math as well as physics**.
   除了物理之外，我還主修數學。
   NOTE
   ●對等連接詞：連接兩個名詞

3. **She can sing** as well as **dance**.
   除了跳舞跳得好之外，她歌唱得也很好。

●對等連接詞：與助動詞連用時

4. She has **to study** as well as **earn** her living.
除了賺錢之外，她還必須讀書。
●對等連接詞：與不定詞連用時

5. **As well as <u>devaluating</u>** the price of the house, the letting agent ignored the major infrastructure construction in the adjacent areas.
這位房仲除了低估這棟房子的價格外，也忽視了鄰近區域的重大基礎建設。
●介係詞：置於句首＋Ving

6. She **plays the cello as well as playing the piano**.
除了彈鋼琴之外，她也會拉大提琴。
●介係詞：置於句尾＋Ving

36 rather than 的用法

　　rather than 的用法眾說紛紜，甚至有學者為此展開了筆戰，即使是字典也未必有一致的看法，原因為何呢？因為語言的用法經常隨時空的改變而有所變動。有的文法書上寫說 rather than 放置在句中時是當作對等連接詞，故前後的動詞須一致；也有書上寫說 rather than 放置句中用逗點隔開時是當作介詞片語，須＋名詞／動名詞。還有書上說 rather than 置於句首時可當作介詞片語也可當對等連接詞，林林總總的說法，搞得大家都迷糊！在此我純粹就現在大家比較常用的來作說明。

秒殺英文法

- rather than 在句中：對等連接詞
- rather than 在句中以逗點隔開：介係詞
- rather than 置於句首：介係詞／對等連接詞（罕用）

實例講解

1. He sat on the fence **rather than** intervened in the bicker among their classmates.
   他保持中立，而不去介入同學們之間的爭吵。
   NOTE
   ● rather than 在句中＝對等連接詞

2. The manager succumbed to the reality, **rather than** persisting in his right.
   經理屈服於現實，而非堅持他的權力。

NOTE
● rather than 在句中以逗點隔開＝介係詞

3. **Rather than** `soothing` his wife when she was dismissed, her husband rebuked her for her layoff.

她的先生不去安慰她被炒魷魚的事情，反而責怪她被解僱。

NOTE
● rather than 置於句首＝介係詞

37 Only + adv. 置於句首

曾經有位忠實讀者在我的 Facebook 留下一則訊息，問我：「Only 置於句首是否皆須倒裝？參考書上都只是列出公式，並無解釋，是否有口訣可以秒殺它？」於是，我回了一個秒殺口訣給他。

秒殺英文法

☞ Only + adv. 置於句首時，須倒裝

實例講解

1. **Only <u>by working hard</u>** can we work out the difficulty.
   唯有藉由努力，我們才可以克服困難。
   NOTE
   ● by working hard 介詞片語＝ adv.
   ●介詞片語的兩種功能：形容詞，副詞

2. **Only <u>after we are well prepared</u>** can we have an opportunity to succeed.
   我們唯有充分準備才能有機會成功。
   NOTE
   ● after we are well prepared ＝副詞子句

38 需要動詞的用法

語言的用法不是亙古不變，而是會隨著時空有所改變，如大家所熟悉的 spend / waste ＋錢 / 時間＋（in）＋ Ving，以前使用時 in 會寫出來，所以之後加動名詞是天經地義的事。但是現代的英文會省略掉 in，很多人都會忘記，所以通常以不定詞取代動名詞，例如：

我花很多時間，從我家通勤到學校。

I **spend** much time **to commute** from my house to school.(X)

I **spend** much time **commuting** from my house to school. (O)

我曾經在網路上看到有人如此解釋 want 這個字的用法：

want 當動詞，表示主觀上的「想要」、「希望」，如果是一種有意識的行為，後面只能加不定詞，不能用動名詞，也不接子句。want 在表示客觀上的「需要」、「有必要」，是一無意識行為，後面可接不定詞或動名詞，但要注意：後接動名詞是用主動形式表示被動。各位看完此段話之後，是否雨過天青，豁然開朗？或者是掉入到重重迷霧之中，殺死你的腦細胞呢？

講話時還得考慮主觀上的「想要」、「希望」有意識的行為，或者是客觀上的「需要」、「有必要」，是無意識行為，那麼你一定會結結巴巴，處處冷場，無法與人正常對話！want 這個字有這麼複雜嗎？請看下列的解釋：

want ＋ to ＋ Vr ～

want ＋ to ＋ be ＋ pp.

want 之後，不管是主動或被動，皆須與不定詞連用。

看完我的解釋後，你會發現 want 是多麼單純的字，素顏就挺好看的，不需化妝，更不需要整容，搞得大家不識它原來的真面目。

　　如同上述所講，語言用法是會改變的，同樣地，用法的轉變也發生在「需要」動詞，若之後是接被動語態時，傳統的寫法是 to be + p.p.，但是現代英文傾向以「動名詞」取代被動語態。

秒殺英文法

☛ S +需要動詞+ Ving（＝ to be + p.p.）

NOTE
●需要動詞：need, want, require

實例講解

1. The aged **need taking** care of（＝ <u>to be taken care of</u>）.
   老年人需要照顧。

2. Your car **wants washing**（＝ <u>to be washed</u>）.
   你的車子需要洗了。

3. The faucet **requires repairing**（＝ <u>to be repaired</u>）.
   水龍頭需要修理了。

39 whether 的用法

對於 whether 的用法，一般文法參考書通常會列出這樣的公式：whether ＋ S ＋ V ～ or not / whether or not S ＋ V ～

其實，or not 可用可不用，若是使用 or not 是加強語氣，但有時若是 whether 引導的子句過長，之後再加上 or not，不僅無加強語氣的功能，反而有畫蛇添足的意味。所以，現代英文傾向將 or not 直接放在 whether 之後，形成 whether or not ～，不僅可以加強語氣，也無須擔心後面所引導的子句是否過長，影響語氣的強度。

秒殺英文法

☞ whether or not ＋ S ＋ V ～

實例講解

1. **Whether or not** he helps me is indifferent to me.
   他是否幫我，我無所謂。
   NOTE
   ● Whether or not ～引導名詞子句當主詞

2. **Whether or not** he helps me, I appreciate his kindness very much.
   不管他是否幫我，我都很感激他的好意。
   NOTE
   ● whether or not ～引導副詞子句

3. I am considerably apprehensive about **whether or not** he helps me.

我很擔憂他是否會幫我。

NOTE

● whether or not ～引導名詞子句當受詞

40 go + Ving 和 do + Ving 的差異性

　　曾經有個外文所的研究生問我，go + Ving 中的 Ving 是動名詞吧？因為他以前的老師這樣說。

　　我舉了個簡單的例子告訴他："He goes shopping."（他去購物），此句話中的 shopping 是用來形容 he 的狀態，所以是現在分詞當形容詞，以修飾代名詞 he，並不是動名詞，而 go 是連綴動詞。所謂的連綴動詞即是後面接主詞補語，替主詞加以補充說明。另外我再進一步說明此種用法：go + Ving 去（哪裡）做～事，雖然並沒有說出地方，但是只要做出特定動作時，這個地方便可呼之欲出。例如 go shopping 的地點，最起碼是百貨公司或大賣場，絕對不會是便利商店。go camping 去露營的地點最起碼是可以露營的地方，絕對不會在你家陽台或後院，以此類推。

　　學生常把 go + Ving 與 do + Ving（做出～動作）搞混，do 之後的 Ving 是當 do 的受詞，所以它是動名詞，強調做出某種動作，並無暗指一定得要去某些特定的地方才可以做出的動作，如："He did some shopping at the convenience store."（他在便利商店購物），也可以講 "He did some shopping at the department store."（他在百貨公司購物），但是我們不會講 "He goes shopping at the convenience store."。

秒殺英文法

☞ go + Ving（現在分詞）　＝去（哪裡）做～事
☞ do + Ving（動名詞）　　＝做出～動作

實例講解

1. We would like to **go swimming**.
   我們想去游泳。
   NOTE
   ● go + Ving（現在分詞）＝去（哪裡）做～事
   ● 得去特定的地方才可以 swim

2. She feels jubilant and **does some dancing**.
   她因為欣喜若狂而跳舞。
   NOTE
   ● do + Ving（動名詞）＝做出～動作
   ● 可以使用適當的詞語（some、the、much、
   a little）修飾動名詞

41 with a view to 的用法

　　有一天我在車上看到一位高中生，他嘴裡念念有詞地念著英文講義上的公式，我好奇的看了一眼，講義上用螢光筆將 with a view to＋N／Ving（為了要～）畫了起來，旁邊還有 with an eye to、thanks to 等片語，我馬上意會到應該是在默念「to 何時當介係詞」。其實無須這麼費事，這些片語都有一定的軌跡，只要尋得軌跡，便可以輕輕鬆鬆將它們一網打盡！

秒殺英文法

☛ 介詞片語當副詞，to＝介係詞
- ● with a view to, with an eye to　　為了要
- ● in addition to　　再者
- ● thanks to, owing to, due to　　因為，由於

NOTE
- ●以上皆是當副詞用，故 to＝介係詞。
- ●例外：in order to＝so as to 為了要，to 為不定詞。

實例講解

1. He studies **assiduously with a view（an eye）to going** to the traditionally elitist and discriminatory university.
   他努力讀書是為了想要進這所傳統的菁英大學。

2. **In addition to supporting** her family, she still has to take care of her elderly parents.

除了養家餬口外，她還要照顧年邁的雙親。

3. **Thanks（Owing）to** the **paucity** of water, the authorities concerned announced water rotation in this area.

由於缺水，有關當局宣布這個區域輪流供水。

4. The lady is used to jogging every morning **in order （so as） to keep** healthy.

這位女士為了保持身體健康，現在每天早晨慢跑。

說文解字

assiduously	[ə`sɪdʒʊəslɪ]	(adv.)	勤勉地
elitist	[ɪ`litɪst]	(adj.)	菁英的
discriminatory	[dɪ`skrɪmənə,torɪ]	(adj.)	鑑別度高的
paucity	[`pɔsətɪ]	(n.)	缺乏
rotation	[ro`teʃən]	(n.)	輪流

42 萬能形容詞

　　英文名詞有單複數之分，所以形容數量的形容詞也有單複數之分，例如 many、a few 修飾可數名詞，much、a little 修飾不可數名詞。很多人感到相當棘手，但是英文也有些形容詞既可修飾可數／不可數名詞，可以把它們當作「萬能形容詞」。在日常生活講話時，名詞或形容詞單複數用法的錯誤是常有的事，但是寫作上若犯了上述的錯誤，會使閱卷老師觀感不好並且扣分，所以我經常建議學生在寫作時，尤其在考試時，儘量使用「萬能形容詞」，如此一來，萬無一失！

秒殺英文法

☞ a lot of / lots of / plenty of / some / no / any / most / all ＋可數／不可數名詞

實例講解

1. The teacher has plenty of **ghost stories** to tell.
   老師有很多的鬼故事可以講。

2. The sofa takes up plenty of **space** in the living room.
   這套沙發很佔客廳的空間。

3. We need to buy some new furniture.
   我們需要買一些新家具。
   NOTE
   ●家具為集合名詞，不可數

4. We need to buy some daily necessities.

我們需要買一些生活必需品。

5. Most students in the class are diligent.
班上的大多數學生是勤勉向上的。

6. Most wood furniture will be endurable if well maintained.
大部分的木製家具倘若保養狀況良好，將會是持久耐用的。

　　記得我大學剛畢業時到國中任教，一開始是教三年級學生。那時候並無一綱多本，還是採用國立編譯館所統編的教科書，有一次段考的重點是「被動語態」，我們全班的學生考得比前段班的學生好，其他的老師感到很訝異，原因是我教班上的學生一個口訣，便可以秒殺所有主動改成被動語態的題目。

秒殺英文法

☛ 前後對調，中間加料

NOTE
●前後對調＝前後主詞、受詞對調；中間加料＝ be + pp. + by

實例講解

1. A speeding car hit the man.
= **The man was hit by a speeding car**.
　一輛快速行駛的汽車撞到了那個人。
　NOTE
　●前後主詞、受詞對調，中間加料
　● hit 三態皆一樣

2. He gave me a present.
= **I was** given a present（by him）.
= **A present was given** to me（by him）.
　他給我一個禮物。

NOTE
- 前後主詞、受詞對調，中間加料
- 授與動詞有兩個受詞，可將 I 或 a present 調至句首當主詞，故有兩種模式
- by ＋受詞，對象不清楚，不是重點，可以省略

3. Who wrote this letter?
= **By** whom **this letter was written**?
誰寫這封信？

NOTE
- 前後主詞、受詞對調，中間加料
- who 主格改成被動時，因為 by 是介係詞，之後加受格，故改成 by whom，而且是疑問句，所以還是置於句首，this letter 調至前面當主詞

4. People believe that the lawmaker won't get elected.
= **It is believed**（by people） that the lawmaker won't get elected.
人們相信這位立委無法連任。

NOTE
- 人＋認為動詞＋ that 子句（人相信～），被動時須改成 It is believed（某件事情被相信）＋ that 子句
- 認為動詞＝ think, consider, suppose, believe, imagine, guess, say 等

5. I suggest that **he**（should） study abroad.
= **He is suggested** to study abroad（by me）.
我建議他去外國讀書。

NOTE
- 前後主詞、受詞對調，中間加料
- S ＋ V ＋ that 子句時，that 子句為受詞，所以將子句中的主詞往前調至句首，將原本的主詞調至句尾。

6. We elected him class leader.
= **He was elected** class leader（by us）.
我們選他當班長。

NOTE
●前後主詞、受詞對調，中間加料

　　雖然在文法中，主動語態可改寫成被動語態，但是在英文用法中，通常使用主動語態或者是使用被動語態，是無法像上述所提到的，可以任意變換，所以此種用法只是文法書上的文法，並不適用於日常生活或寫作上。換句話說，在英文中習慣用主動還是用主動，習慣用被動還是用被動，不能任意變換。

44 空間介係詞的用法

有一位鄰居的小孩準備要考全民英檢初級，請教我該如何準備。雖然我兒子幾年前也順利通過該級的考試，期間我也曾替他惡補過，但是它的考題方式與方向，我有點不記得了。所以我特別請她的兒子拿教材來給我看，結果我翻了翻他的上課筆記，看到如此的公式：

空間介詞：點＝at；線＝on 和 along；面＝on；體＝in。

我問他：「你會判斷嗎？」他回答沒問題，接下來我問了他幾個問題，他每一題都需要想一下才能回答，而且答案並非全部正確。這讓我想到好多年以前，我在教高中時有個學生告訴我：「我們補習班的老師說『in＋大地方，at＋小地方』，是錯誤的！」

我反問她：「為何是錯誤？」

她舉例說，房間、客廳、教室都是小地方，但是卻加 in。

我回答，in the room，in the living room，in the classroom 使用 in，是因為 in 也可以指「在～裡面」，無關於地方的大小。

以「我們在火車站碰面」這句話為例，主要強調「火車站」這個地方，火車站是小地方，故用 at；整句話應該說成 "We will meet at the train station."。我住在台北，若要強調「台北」這個國際大都市，故用 in，整句話應該說成 "I am living in Taipei."。

如果使用上述的那個公式，客廳與火車站皆是體（未必每個人都可以搞懂這些「點、線、面、體」的說法），但是為何是 in the living room 和 at the train station？這個問題，我想會考倒很多學生，包括一些老師也未必可以很清楚地講解它們之間的差別。只要以中文聯想英文，馬上可以KO煩人的「點、線、面、體」說法！

秒殺英文法

- ☞ 在～裡（方）面＝空間 / 大地方＋ in
- ☞ 在～之上＝表面＋ on
- ☞ 在～點 / 小地方＋ at

實例講解

1. There are some precious pearls **in** the safe.
   在保險箱裡面有很多珍貴的珠寶。

2. Recreations play a pivotal part **in** the hustle and bustle of the metropolitan life.
   休閒**在繁忙的大都會生活**扮演核心的角色。
   NOTE
   ● in ＋在～方面

3. The Statue of Liberty is located **in** New York.
   自由女神像位**在紐約市**。
   NOTE
   ● in ＋ New York（大地方）

4. Some garments lay **on** the bed.
   有些衣服放**在床上**。

5. We are supposed to place spotlight **on** the issue.
   我們應該把重點放**在此議題上**。

6. Parents' deportments have wielded great

influences **on** children.
父母親的行為**會在小孩子的身**上有很大的影響。
NOTE
● on ＋在～身上

7. He lives **at** 275 **on** the street.
他住**在這條街上**的兩百七十五號。
NOTE
● at ＋門牌號＝ at ＋在～點

8. She used to teach **at** the school.
她過去**在這間學校**教書。
NOTE
● at ＋ the school（學校）小地方

45 雙重否定的用法

　　英文有一些加強語氣的說法，如「否定副詞置於句首須倒裝」，「It＋be＋強調的字＋that＋原句其他部分」，「主詞與主詞補語前後對調」，「主詞與地方副詞前後對調」等。上述這些加強語氣皆是變動句中的位置，將所要強調的字眼往前移動，達成語氣加強的目的。然而，在英文中也有像中文一樣，以雙重否定表示肯定，進而加強語氣。

秒殺英文法

☛ 負負得正

實例講解

1. There are **no** parents **but** love their children.
   沒有父母親**不**愛他們自己的小孩。
   NOTE
   ● but 聯接反比子句，故在此可以看成否定詞，與 no 形成負負得正

2. **Without** air and water, **no** creature can exist on the planet.
   如果**沒有**空氣和水，**沒有**生物可以在地球上生存。

3. There is **no** child that does **not** eat candies.
   沒有小孩**不**喜歡吃糖果。

4. Tom **cannot fail** to pass the math exam.
   湯姆**必須**通過此次的數學考試。

NOTE
● cannot ＋ fail to（未能）＝負負得正

5. All the novices attend the meeting **without fail**.
所有新進人員**務必**出席此次的會議。
NOTE
● without ＋ fail（n.，失敗）＝負負得正

must not 的用法

幾乎所有的助動詞之後加 not，即可形成該助動詞的否定，如 should not（不應該），cannot（不能夠），will not（將不會），need not（不需要）等。但是，凡事皆有例外，must 必須（表示命令、責任、義務的語氣）／一定是（表示推測的語氣），其否定為 cannot 或 need not，而不是 must not。原因是 must not 表示「絕對不可，禁止」，而不是表示「不必須」、「一定不是」。很多學生會誤用 must not，這種違反常理的片語只好多看幾遍，正是所謂的「習慣成自然」。

秒殺英文法

☞ must not ＝絕對不可／禁止

實例講解

1. You **must not** speak loudly in public.
   在公共場合絕不能大聲講話。

2. You **must not** be late.
   你絕對不能遲到。

3. We **must not** betray our own country.
   我們絕不能出賣自己的國家。

4. Civil servants **must not** get involved in grafting.
   公務員絕不能涉貪。

47 no matter 的用法

我在改作文時，常發現學生不會使用 no matter 的用法，他們時常寫出以下錯誤的詞句："No matter the problem is difficult, you must try your best to surmount it."（不管這問題有多麼困難，你一定要盡全力去克服它）。其實，這句話最大的問題在於 non-native speakers 的通病，一句話中兩個動詞，無連接詞，所以說 no matter 後面加個連接詞（wh～ / how）即可，可以避免一句話兩個動詞，形成 "No matter **how** difficult the problem is, you must try your best to surmount it."。

秒殺英文法

☛ no matter + wh～ / how
　（ = wh～ ever / however ）

實例講解

1. **No matter <u>when</u>（<u>Whenever</u>）** you visit me, I welcome you.
   不論你何時來看我，我都歡迎。

2. **No matter <u>what</u>（<u>Whatever</u>）** you do, remember not to do something illegitimate.
   不論你做什麼事，切記不要做出不合法的事。

3. **No matter <u>where</u>（<u>Wherever</u>）** you go, come into contact with your parents.
   無論你去哪裡，都要跟你的父母親聯絡。

4. **No matter who** (**Whoever**) bullies you in the schoolyard, you have to inform your teachers and parents of it.

無論誰在校園裡欺負你，你一定要告訴老師和父母。

5. **No matter how** (**However**) complicated the math problem is, you have to be patient to solve it.

無論這數學問題有多麼複雜，你一定要捺住性子解決它。

48 需＋the 的專有名詞

　　大部分的學生都知道專有名詞前不需加 the，但是有例外，通常參考書上都會列出一長串的例外：the ＋河流／海洋／山脈／船舶／湖泊／報紙／雜誌等。換句話來說，除了記起來之外，別無他法。真的是如此嗎？the 來自於拉丁文「神」的意思，例如 theology 神學，theologist 神學家，atheist 無神論者，因為古希臘、羅馬是多神論（polytheism），所以演變成後來用 the 來指特定的人、事、物。以此「法則」為基礎，指特定對象需加 the，便可以輕輕鬆鬆Ｋ Ｏ需加 the 的專有名詞。

秒殺英文法

　☞ the ＋專有名詞＋名詞

NOTE
　●專有名詞之後若有名詞的話，之前需加 the

實例講解

1. the Atlantic（Ocean）大西洋
2. the Amazon（River）亞馬遜河
3. the Alps（Mountain）阿爾卑斯山
4. the Hilton（Hotel）希爾頓飯店
5. the United States（of America）美國
6. the New Yorker（Magazine）紐約客雜誌
7. the Titanic（Cruise）鐵達尼號
8. English ＝ the English language 英文
9. the United Kingdom 大英帝國

10. the British Isles 不列顛群島
11. the Sahara（Desert）撒哈拉沙漠

　　以上的專有名詞，之後加名詞（通常可省略），如 the Atlantic Ocean 中的 Ocean 可以不寫；即使不寫，還是很清楚知道 the Atlantic 是指大西洋，而非太平洋，因為它是特定對象，故之前需加 the。

as if / as though 的用法

　　很多參考書與英文老師在教 as if / as though 的時候，皆把它導向成「假設句法」，必須遵守「退一步，海闊天空」的法則，也就是說「與現在事實相反，退一步到過去式；與過去事實相反，退一步到過去完成式」。此種教法，只知其一不知其二。其實，as if / as though「好像是」也可以表達一種事實，如 "It looks as if / as though it's going to rain." 看起來「真的」好像要下雨了。此句話表示等一下真的會下雨，並不是與現在事實相反的假設，故不需要「退一步海闊天空」，採用過去式動詞。

秒殺英文法

- ☛ as if / as though 表達假設句法，需退一步海闊天空
- ☛ as if / as though 表達事實，無須退一步海闊天空

實例講解

1. He looks **as if** he **had attended** the meeting **yesterday**.
   他看起來好像是昨天有出席會議般。
   NOTE
   ●其實昨天並無參加此會議，與過去事實相反，從「過去」退一步到過去完成式。

2. You look **as if** you **knew** everything.
   你看起來好像是萬事通。

●不可能有萬事通的人，故與現在事實相反，從「現在」退一步到過去式。

3. They look **as though** they **know** each other.
他們看起來真的好像彼此認識。
NOTE
●採用現在式 know，表示他們真的彼此認識對方。

4. They look **as though** they **knew** each other. In fact, they meet each other for the first time.
他們看起來好像彼此認識對方，事實上他們是第一次碰面。
NOTE
●他們是第一次碰面，彼此之前不認識，與現在事實相反，從「現在」退一步到過去式。

5. He looks **as if** he **gasps**.
他看起來好像真的很喘的樣子。
NOTE
●採用現在式 gasp，表示他真的很喘。

50 否定的轉移

　　很多人對於語言的例外時常會覺得無所適從，原因是不常使用，所以靠死記的方式；時間一久，就會忘記。如果碰巧得使用時，就會發生對它是陌生的狀況，無法正確使用。例如，中文說「我認為你不能勝任此項工作」，大部分的人都會從中文直譯成："I think that you are not qualified for this job."。乍看之下好像是對的，因為沒有什麼差錯，但是在英文中，這句話是屬於「例外的規則」。**中文講「我認為你不～」轉換英文時應該「將否定詞從後面移轉到前面」**，形成 "I don't think that you are qualified for this job."。這種用法是「否定的轉移」，並不是所有的情況皆可以適用，只有在「與認為動詞連用時，否定才需轉移」。也就是說認為動詞＋否定詞，否定詞需轉移到認為動詞前。

秒殺英文法

　☛「我認為不～」需轉換成「我不認為～」

NOTE
●認為動詞＝ think, consider, suppose, believe, imagine, guess, say

實例講解

1. I **don't consider** that he will pass the chemistry exam.
   我**不認為**他會通過此次的化學考試。

111

2. People in strike **don't suppose** that the authorities concerned will yield to their plea.
罷工的群眾**不認為**有關當局會對他們的請願有所讓步。

3. The teacher **doesn't believe** that his student made a cheat on the exam.
老師**不相信**他的學生在考試上作弊。

4. Her mother **can't imagine** that she flunked out.
她的母親**無法想像**她被當掉退學。

5. We **don't guess** that he will submit his resignation.
我們不認為他會提出辭呈。

「懶人包」
英文閱讀法

Lesson
3

秒殺《時代雜誌》

　　《時代雜誌》（**TIME**），創立於一九二三年，被譽為當代最具代表性與影響力的刊物。自一九二七年起，《時代雜誌》每年都會選出該年度的風雲人物，是該雜誌的一大特色。《**時代雜誌》的讀者群比較廣泛，大多屬於一般普羅大眾**，相較於《經濟學人》讀者群主要是社會菁英份子，其用字遣詞較為簡單易懂。國內有不少的書籍介紹如何導讀《時代雜誌》，但大多數都是針對文法句型、將原文譯成中文、再將生字列於表格並造句講解等，鮮少有書籍著重於教讀者可以「快、狠、準」的閱讀《時代雜誌》。有鑒於此，**本文著重於如何快速且精準閱讀文章「標題」、如何應用「懶人包英文閱讀法」的特技**——「金、銀、銅、鐵法」與「3詞KO法」，秒殺《時代雜誌》。

一、迅速讀懂文章標題：洞燭文章先機

秒殺英文法

- ☛ 抓標題中的關鍵字：名詞、形容詞、動詞。
- ☛ 若標題看不太懂時，看文章的第一段（主題論述），或最後一段（主題結論），可以幫助迅速掌握整篇文章的要義。

實例講解

1. Volcanoes on Venus? New Clues, and Mysteries, About Earth's Boiling Twin

金星上有火山嗎？有關於地球的雙胞兄弟──沸騰的金星──新的線索與無法解釋的事情

KEY WORDS

volcanoes, Venus, earth's boiling twin

NOTE

●從此標題不難看出，此篇文章的主要內容在於探索金星與金星上是否有火山的存在。

2. Google's Attack on Apple Is Good News for Apple
谷歌對蘋果發動攻勢，對於蘋果是好消息

KEY WORDS

Google's attack, good, apple

NOTE

●讀者看到此標題時，會一頭霧水，「為何谷歌對蘋果發動攻勢，對於蘋果是好消息呢？」進而想看文章裡的內容，這是 TIME 雜誌的標題一向吊人胃口的方法，先讓讀者困惑，再看文章解惑。從文章中的最後一段可以看出端倪：

A wealth of good Google apps on iOS provides consumers with yet another reason to buy Apple hardware. It also reduces what would otherwise be a strategic advantage for phones based on Google's Android operating system. All in all, it's good for Google, it's good for Apple － and it's most definitely good for those of us who like both Apple devices and Google services.

谷歌提供大量的 apps 可以在蘋果 iOS 系統中應用，對於消費者而言，是另外一個購買蘋果硬體設備的理由。同時也可以減少這整件事為「安卓」系統手機陣營「算計精準」的策略。總而言之，它有利於谷歌與蘋果，而且可以確信的是，對於使用蘋果的設備和谷歌服務的人是一大利多。

3. 2013：A Cloudy Forecast for Renewable Energy, with a Silver Lining

二〇一三年再生能源的預測：烏雲密佈中露出一線曙光

`KEY WORDS`

cloudy, a silver lining

`NOTE`

●此標題淺顯易懂，讀者可以很快地從標題中猜出文章的大意：儘管 2013 年再生能源的發展受到烏雲遮蓋，但是從中還是露出一線曙光。

4. Congress Approves Cliff Deal, Signaling Future Fights

美國國會通過「懸崖」政策，此舉意謂著未來勢必有一番爭鬥

`KEY WORDS`

cliff deal, future fights

`NOTE`

●透過此標題，讀者可以看出，通過此法案並不表示「問題迎刃而解」，而是未來兩大陣營必有一番爭鬥。

Passage also lays the groundwork for future battles between the two sides over federal spending and debt.

「懸崖」政策的通過也埋下了兩大陣營未來對於聯邦的支出，與債務進行的攻防戰。

5. Is the Medical Community Failing Breastfeeding Moms?

醫學界不再鼓勵媽媽餵食嬰兒母乳嗎？

`KEY WORDS`

failing, breastfeeding moms

`NOTE`

●此標題使用疑問句，挑戰我們對於「餵食母乳乃是上上之策」的共識，可以引發讀者的好奇心，想一窺究竟。

No one argues that breast is best, but the truth is that breast-feeding is very difficult for many women, and for some, medical problems make it almost impossible without intervention.

沒有人會反對餵食母乳是最好的方法，但事實上有很多媽媽卻不能勝任，對於一些媽媽而言，本身接受醫療所產生的問題，幾乎無法讓她們順利餵食母乳。

Yes, breast-feeding can help prevent SIDS, obesity, childhood leukemia, asthma, and lowered IQ…but none of those matters if your baby is failing to thrive because of malnutrition.

的確，餵食母乳可以預防突發性嬰兒死亡綜合症、肥胖症、兒童白血病、氣喘、智商下降等，但如果小孩因為營養不良無法正常發育時，餵食母乳便不是最高指導原則。

6. In France, Nothing Says "Happy New Year" Like a Burning Car

無聲的新年快樂：法國以「燃燒汽車」慶祝新年

KEY WORDS

France, nothing, says, happy New Year, burning car

NOTE

●看到此標題會激起讀者的好奇心，想看看法國為何以燃燒汽車的方式迎接新的一年的到來。從文章中，讀者便可以清楚了解到此種「另類慶祝方式」的演變過程：

According to sociologists and delinquency experts, car burning as a ritualistic expression of protest began in disadvantaged areas of northeastern France in the 1980s, before gradually spreading to project communities elsewhere. Initially, scholars say, torching autos was seen as a spectacular form of destruction that pulled the attention of news media and authorities to the dismal economic and social conditions in the perpetrators' neighborhoods.

根據社會學家與犯罪專家說法，燃燒汽車還未在各地逐漸形成一種慶祝儀式時，它是一種抗議的方式，始於一九八〇年代法國東北貧困地區。起初燃燒汽車是一種特殊的破壞方式，藉此吸引新聞媒體注意到這些縱火者所居住地區的經濟不景氣與社會環境。

7. The Ugg-ly Truth：The Most-Searched-For Holiday Gifts

「毛靴」搶手的真相：最受歡迎的過節禮物

KEY WORDS
ugg, most-searched holiday gifts

NOTE

●粗心大意的讀者讀到此標題時，可能會將 ugg-ly 看成 ugly，若是如此，讀者在閱讀本文時會覺得文章內容與標題存在很大的落差，於是重新再看一遍標題時，才有可能發現此字並非是 ugly（醜陋的）而是 ugg-ly（毛靴的）。原本是無 uggly 這個字，作者將 N + ly = adj. 的公式應用在此，形成 ugg-ly 毛靴的（adj.）。此標題主要是透露「毛靴」搶手的現象，毛靴是二〇一二年最受歡迎的禮物，打敗了一堆電子產品。

Whatever the reason, it topped an impressive array of technology, proving that utility and plush thermal boots really can triumph over logic and crystal-clear digital tablet displays.

無論基於什麼理由，毛靴比一堆名氣響亮的科技產品更為搶手，說明了實用性的絨毛保暖毛靴，確實比高科技液晶平版來得更受歡迎。

8. WATCH：Territorial Giraffes Use Their Necks as Swords

動物觀察：長頸鹿為爭地盤，以脖子當劍攻擊對方

KEY WORDS

territorial giraffes, necks, swords

NOTE

● 一般人對於長頸鹿的第一印象為溫和的大型草食性動物，但 *Discovery* 頻道捕捉到罕見的長頸鹿為了爭地盤，而以脖子互相攻擊的畫面。

Animal experts surmise that more than likely, the two giraffes were fighting over territory or a mate. And thankfully, giraffes don't fight to the death.

動物專家揣測，這兩隻長頸鹿很有可能為了爭奪地盤或伴侶互相攻擊。然而，謝天謝地，長頸鹿不會相互攻擊，直到對方死亡才停止爭鬥。

9. Slash and Burn：Texas Chainsaw 3D and Django Win a Gory Weekend

驚悚恐懼、打打殺殺：《德州電鋸殺人狂》3D 與《絕殺令》，本週末票房開出紅盤

KEY WORDS

slash and burn, win, a gory weekend

NOTE

● slash and burn 查字典得到的意思是「山田燒墾法」，指把地上的草木燒成灰做肥料，就地挖坑下種的原始耕作方法。但在此卻不是這個意思，所以在閱讀此標題時應該把 slash and burn 分開來看，slash 猛砍，burn 燃燒，再加上次標題是兩部電影的名字，意指《德州電鋸殺人狂》驚悚恐懼，《絕殺令》是打打殺殺的動作片。

10.Indonesia City to Prohibit Women from Straddling Motorcycles

印尼的城市禁止女人跨坐摩托車後座

prohibit, women, straddling motorcycles

●讀者看到此標題時一定會覺得納悶,如果女人在摩托車的後座不以跨坐的方式,那又要以什麼方式坐呢?所以會引起讀者閱讀本文的興趣,第一段最後一句闡述為何禁止女人跨坐摩托車後座。

It's in the best interests of women to ride sidesaddle, Suaidi Yahya told the Jakarta Globe, because when they ride with their legs open they are prone to break Shariah law.

蘇雅弟‧雅哈告訴《雅加達全球報》,女人以斜坐的方式坐在摩托車後座是最好的方式,因為若以跨坐的方式張開雙腿是被視為違反回教教義的。

二、掌握新聞單字、片語,讓你成為《時代雜誌》達人

秒殺英文法

☛ 閱讀坊間《時代雜誌》導讀的相關書籍,查看該書「單字索引」,便可以掌握各種常用的單字與新聞用語。

☛ 多看英文報章雜誌,熟悉常用的單字、片語。

三、運用「貓捉老鼠」主次結構閱讀法：閱讀複雜句先抓主結構，再抓次結構

秒殺英文法

☛ 貓緊盯著老鼠不放：
- 主詞＝貓
- 動詞＝老鼠
- 貓＋老鼠＝主結構
- 類動詞／片語／子句＝次結構

NOTE
- 類動詞：由動詞衍生出不定詞片語、介詞片語、動名詞、分詞

公式

$$主詞 + \begin{cases} 現在分詞 \\ 動名詞 \\ 過去分詞 \\ 介詞片語 \\ 不定詞片語 \\ 同位語（名詞、名詞片語、名詞子句） \\ 形容詞（片語、子句） \\ 副詞（片語、子句） \end{cases} + 動詞 \sim$$

1. **Five men** charged with the rape and murder of a 23-year-old woman last month **appeared in a closed hearing** in Delhi on Monday after a judge cleared a packed and chaotic courtroom on concerns for the security of the accused.

上個月被指控強暴及謀殺一位二十三歲女子的五名男子，星期一出現在德里不公開的聽證會上。法官為了保護被告們的安全，在他們進入法庭之前清空了不相關的人士。

NOTE
①貓＝ Five men
②老鼠＝ appeared in a closed hearing
③貓＋老鼠＝主結構＝ Five men appeared in a closed hearing（五名男子出現在不公開的聽證會上）
④次結構

4-1
charged with the rape and murder of a 23-year-old woman last month
＝形容詞片語修飾 five men

4-2
in Delhi on Monday
＝時間副詞修飾 appeared in a closed hearing

4-3
after a judge cleared a packed and chaotic courtroom on concerns for the security of the accused
＝時間副詞子句修飾 appeared in a closed hearing

2. **Those hospitals** that actually coordinate

care between psychiatrist and nonpsychiatrist physicians, presumably through electronic records, **had better outcomes**.
那些藉由電子紀錄而能確實協調精神科醫生與非精神科醫生協同照顧的醫院,能得到比較好的結果。
NOTE
①貓＝ Those hospitals
②老鼠＝ had better outcomes
③貓＋老鼠＝主結構＝ Those hospitals had better outcomes（那些能得到較好結果的醫院）
④次結構:

4-1
that actually coordinate care between psychiatrist and nonpsychiatrist physicians
＝形容詞子句修飾 Those hospitals

4-2
presumably through electronic records
＝副詞片語修飾 coordinate care ～

3. **The staff of Southern Weekend**, a liberal Chinese newspaper based out of the southern city of Guangzhou, **has long clashed with censors** in its efforts to produce one of China's most respected weekly publications.
發行地位於中國廣州市南區的《南方週末報》是一份自由派的中國報紙,其員工長期與當局審查機構對峙,致力出版中國最受敬重(最具權威的)的週刊之一。
NOTE
①貓＝ The staff of Southern Weekend
②老鼠＝ has long clashed with censors
③貓＋老鼠＝主結構＝ The staff of Southern

Weekend has long clashed with censors
《南方週末》的員工長期和當局審查機構對峙
④次結構：

4-1
a liberal Chinese newspaper based out of the southern city of Guangzhou
＝同位語，補充說明 Southern Weekend

4-2
in its efforts to produce one of China's most respected weekly publications
＝介詞片語當副詞修飾 has long clashed ～

4. In August, **South Korea － based hardware giant Samsung**, a key Google ally, **was slapped with a $1.05 billion verdict** after a federal jury concluded that it had infringed Apple's iPhone patents.

八月時，硬體界的大廠三星，也是谷歌最主要的盟友，被聯邦陪審團判決已經侵犯了 iPhone 的專利，遭到課徵罰金美金十五億美元。

NOTE
①貓＝ hardware giant Samsung
②老鼠＝ was slapped with a $ 1.05 billion verdict
③貓＋老鼠＝主結構＝ hardware giant Samsung was slapped with $1.05 billion verdict
　硬體界的大廠三星遭到課徵罰金美金十五億美元
④次結構：

4-1
South Korea 雖 為 形 式 上 的 主 詞，實 際 上 是 hardware giant Samsung 的形容詞片語，原句：
Hardware giant Samsung － based in South Korea

4-2

a key Google ally
＝同位語補充說明 hardware giant Samsung：
谷歌主要的盟友

4-3

after a federal jury concluded that it had infringed Apple's iPhone patents
＝時間副詞子句修飾 was slapped ～

5. At 11:11 a.m. on Dec. 21, **the crowds** that had flocked from around the world to southern Mexico to mark the end of the Maya calendar's creation cycle **breathed a sigh of relief** when the apocalypse never came.

當十二月二十一日十一點十一分時，馬雅曆法所預言的世界末日並未來臨，所有從全世界湧入南墨西哥的人群都鬆了一口氣。

NOTE

①貓＝ the crowds
②老鼠＝ breathed a sigh of relief
③貓＋老鼠＝主結構＝ the crowds breathed a sigh of relief
人群都鬆了一口氣
④次結構：

4-1

that had flocked from around the world to southern Mexico to mark the end of the Maya calendar's creation cycle
＝形容詞子句修飾 the crowds

4-2

when the apocalypse never came
＝時間副詞子句修飾 breathed a sigh of relief

四、實例講解 *TIME*

應用「懶人包」英文閱讀法的「3詞KO法」（關鍵字：名詞、形容詞、動詞）與「金、銀、銅、鐵法」（每一段的前一句＝金；每一段的最後一句＝銀；每一段的中間支撐句＝銅鐵）。

秒殺口訣

☞ 先抓金銀，再抓銅鐵

實例講解

1.That's why I'm ultimately pretty optimistic about both the immediate and long-term future of renewable energy. There's still an enormous market out there for new electricity generation, especially in untapped markets like Latin America and the Middle East. Renewable power is an excellent option － sunny Saudi Arabia, for its part, has said it wants more than $100 billion in renewables, while Japan and Germany need renewables to replace forsworn nuclear power. As wind and solar improve, the need for supportive public policy will drop away, like the scaffolding that surrounds a rocket at liftoff. The year 2013 may not be as good for renewables as 2012 － a lot will depend on how the larger global economy fares － but we won't be going backward.

NOTE

①金：第一句

That's why I'm ultimately pretty optimistic about both the immediate and long-term

future of renewable energy.
這就是為什麼我對於再生能源在現今或未來的發展，抱持樂觀的態度。

3 詞 KO 法

optimistic, immediate, long-term future, renewable energy

②銀：最後一句
The year 2013 may not be as good for renewables as 2012 — a lot will depend on how the larger global economy fares — but we won't be going backward.
二○一三年的再生能源的發展或許不如二○一二年，因為發展再生能源有賴於全球經濟的進展，但是至少我們不會退步。

3 詞 KO 法

renewables, 2013, not as good as 2012, global economy fare, won't be going backward

③金＋銀＝本段摘要
這就是為什麼我對於再生能源在現今或未來的發展，抱持樂觀的態度。二○一三年的再生能源的發展或許不如二○一二年，因為發展再生能源有賴於全球經濟的進展，但是至少我們不會退步。

④銅鐵（中間支撐句）：擴大詳述
再生能源未來發展的願景

2. As much as North Korean leader Kim Jong Un appears bent on maintaining the iron grip on power that his father and grandfather held before him, there are signs that he wants to allow slightly

greater access to information technology to help prop up his country's dysfunctional economy. In his New Year's address — an event that marked a revival of a rhetorical approach used by his grandfather — Kim spoke repeatedly, if opaquely, about the need for a "scientific and technological revolution." Thus far, the North's primary efforts at expanding information technology have been the development of a decade-old domestic intranet that allows users to access vetted information, and a cell-phone system that likewise limits users to calls within the national network. While the number of North Koreans with access to either system is quite small, it does represent something of an information revolution, writes Bruce:

The decision to expand the use of information technology in North Korea was based on a mix of economic and social factors. The economic imperatives for the DPRK involve productivity gains domestically and attracting investment internationally. Socially, North Korea has come to the conclusion that it can control, or at least mitigate, the social disruption caused by such a system. In short, the perceived financial benefits for North Korea expanding the use of this technology were too high for the state to ignore, so it worked to build a system that minimized the threat to the regime.

NOTE

①金：第一句

As much as North Korean leader Kim Jong

Un appears bent on maintaining the iron grip on power that his father and grandfather held before him, there are signs that he wants to allow slightly greater access to information technology to help prop up his country's dysfunctional economy.

儘管北韓領導人金正恩決心維持祖父和父親長久以來的鐵血政權，但是有些跡象指出，他為了振興疲軟的國家經濟，允許開放一些科技資訊。

3 詞 KO 法

Kim Jong Un, maintaining, power, allow, slightly greater access, information technology, prop up, economy

②銀：最後一句

In short, the perceived financial benefits for North Korea expanding the use of this technology were too high for the state to ignore, so it worked to build a system that minimized the threat to the regime.

總而言之，北韓若放寬使用科技的限制，他們所能得到的經濟效益高到令國家無法忽視，所以他們建立了一個系統，將其所帶來的威脅減到最低。

3 詞 KO 法

North Korea, expanding, this technology, too high to ignore, a system, minimize, threat, regim

③金＋銀＝本段摘要

儘管北韓領導人金正恩決心維持祖父和父親長久以來的鐵血政權，但是有些跡象指出，他為了振興疲軟的國家經濟，允許開放一些科技資訊。總而言之，北韓若放寬使用科技的限制，他們所能得到的經濟效益

高到令國家無法忽視，所以他們建立了一個系統，
將其所帶來的威脅減到最低。

④銅鐵（中間支撐句）：擴大詳述
北韓想發展資訊科技以改善經濟，但另一方面，卻
害怕資訊開發對政權的威脅。

3.The news that AIG is considering joining the suit
has sparked outrage across the financial media.
The New York Times pointed out the irony of the
decision to sue being made behind the scenes
while AIG has been running a high-profile ad
campaign thanking America for its investment, and
touting the fact that it has recently paid back the
bailout funds in full. Forbes called Greenberg and
his allies "ungrateful souls" and argued that if AIG
joined the suit, it would ultimately "kill" the firm.
The Washington Post called Greenberg's view of
the bailout "patently ridiculous."

NOTE
①金：第一句
The news that AIG is considering joining the suit
has sparked outrage across the financial media.
AIG考慮提起訴訟案的消息，引起財經媒體的憤怒。

3 詞 KO 法
AIG, considering, suing, sparked outrage,
financial media

②銀：最後一句
The Washington Post called Greenberg's view of
the bailout "patently ridiculous."
《華盛頓郵報》批評格林伯格對紓困案的看法是
「明顯地可笑」。

LESSON
3

「懶人包」英文閱讀法

3 詞 KO 法

Washington Post, Greenberg's view, bailout, patently ridiculous

③金＋銀＝本段摘要
　AIG 考慮提起訴訟案的消息，引起財經媒體的憤怒。
　《華盛頓郵報》批評格林伯格對紓困案的看法是
　「明顯地可笑」。

④銅鐵（中間支撐句）：擴大詳述
　各界對 AIG 想要對美國政府的紓困提出訴訟，多
　加批判。

4. Highlighting and underlining led the authors' list of ineffective learning strategies. Although they are common practices, studies show they offer no benefit beyond simply reading the text. Some research even indicates that highlighting can get in the way of learning: because it draws attention to individual facts, it may hamper the process of making connections and drawing inferences. Nearly as bad is the practice of rereading, a common exercise that is much less effective than some of the better techniques you can use. Lastly, summarizing, or writing down the main points contained in a text, can be helpful for those who are skilled at it, but again, there are far better ways to spend your study time. Highlighting, underlining, rereading and summarizing were all rated by the authors as being of "low utility."

NOTE
①金：第一句
　Highlighting and underlining led the authors' list

of ineffective learning strategies.
用螢光筆和加底線畫重點都是導致學習低效率的元兇。

3 詞 KO 法

highlighting, underlining, lead, ineffective learning

②銀：最後一句
Highlighting, underlining, rereading and summarizing were all rated by the authors as being of "low utility."
螢光筆畫重點、畫底線、反覆閱讀與摘要整理，都被作者認為是低效率的學習法。

3 詞 KO 法

highlighting, underlining, rereading, summarizing, low utility

③金＋銀＝ 本段摘要
螢光筆和加底線畫重點都是導致學習低效率的元兇。
螢光筆畫重點、畫底線、反覆閱讀與摘要整理，都被作者認為是低效率的學習法。

④銅鐵（中間支撐句）：擴大詳述
研究指出，我們習以為常的讀書方法都是錯的。

5. That suggest that the more advanced screening methods are picking up smaller tumors at earlier stages, which is the goal of screening. Indeed these women were less likely than those living in areas where screening costs were lower to have advanced stage cancers detected. But that doesn't necessarily mean that the higher costs of screening are justified. For women of this age group, these diagnoses could lead to unnecessary

treatment for cancers that would never harm them during their lifetime. That's the reason that the U. S. Preventative Task Force (USPTF) last year loosened its recommendation for regular mammogram screening for women aged 75 and older; they concluded there was a lack of evidence that the cost and potential complications of screening at this age is justified.

NOTE

①金： 第一句

That suggest that the more advanced screening methods are picking up smaller tumors at earlier stages, which is the goal of screening.

這說明了更高階的篩檢方法，會在病症初期篩檢出比較小的腫瘤，而這也正是篩檢的目的。

3 詞 KO 法

advanced screen methods, smaller tumors, early stages, goal

②銀：最後一句

That's the reason that the U. S. Preventative Task Force (USPTF) last year loosened its recommendation for regular mammogram screening for women aged 75 and older; they concluded there was a lack of evidence that the cost and potential complications of screening at this age is justified.

這就是為什麼去年開始 USPTF 不再積極推薦七十五歲以上的女性定期接受乳房 X 光攝影檢查，USPTF 斷定沒有足夠的證據顯示出，乳房 X 光攝影檢查對七十五歲以上的女性是有幫助的。

3詞 KO 法

USPTF, loosened, recommendation, regular screening, women, aged 75, lack, evidence, cost, complications, justified

③金＋銀＝本段摘要

更高階的篩檢方法會在病症初期篩檢出比較小的腫瘤，而這也正是篩檢的目的。這就是為什麼去年開始 USPTF 不再積極推薦七十五歲以上的女性定期接受乳房Ｘ光攝影檢查，USPTF 斷定沒有足夠的證據顯示出，乳房Ｘ光攝影檢查對七十五歲以上的女性是有幫助的。

④銅鐵（中間支撐句）：擴大詳述

高階的篩檢方式有一定成效，但是對於七十五歲族群的婦女並沒有太大的效果。

以上資料皆取自 www.time.com／time

《紐約時報》（*The New York Times*）創刊於一八五一年，是一份享譽國際的日報，往往被世界上其他報紙和新聞社直接引用為新聞來源。相較於《經濟學人》、《時代雜誌》，**《紐約時報》是每日發行的報紙，所以它的難度不及前兩者，所採用的閱讀策略也不盡相同。**

《紐約時報》因為與國內的某大報合作，固定於每週二原文刊出一些重要的國際新聞，所以在國內擁有不少的讀者，尤其是想藉著閱讀《紐約時報》學習新聞英文，增進英文能力的讀者。

與國內其他書籍在介紹如何導讀外國報紙、雜誌一樣，它從文法句型著手，將原文譯成中文，再將生字列於表格並造句講解，國內鮮少有書籍著重於教導讀者可以「快、狠、準」的閱讀《紐約時報》。有鑑於此，**本文著重於如何快速且精準閱讀新聞「標題」、如何應用「金、銀、銅、鐵法」與「3 詞 KO 法」，秒殺《紐約時報》。**

一、以新聞標題決勝負

迅速瀏覽新聞標題，決定是否閱讀該篇新聞。讀報紙時與讀雜誌不一樣，無須篇篇閱讀，所以往往只是瀏覽它的標題即可，若對該篇新聞有興趣，再讀內文。

☛ 抓標題中的關鍵字： 名詞、形容詞、動詞
☛ 若標題看不太懂時，看文章的第一段（主題論述），或最後一段（主題結論），可以幫助迅速掌握整篇文章的要義

實例講解

1. Both Sides Agree : Punish Liars in Gun Background Checks
   雙方陣營皆同意嚴懲槍枝背景造假者
   KEY WORDS
   punish, liars, gun background

2. 'South Park' Creators to Start Company, Important Studios
   《南方公園》（南方四賤客）的創作者即將組成新的工作室，取名《重點工作室》
   KEY WORDS
   South Park, creators, start company

3. Google Gains From Creating Apps for the Opposition
   谷歌為對手陣營開發 Apps，利人又利己
   KEY WORDS
   Google, gains, apps, opposition

4. Armstrong's Business Brand, Bound Tight With His Charity
   抗癌自行車鬥士阿姆斯壯的事業，與他的慈善基金會關係匪淺
   KEY WORDS
   Armstrong's Business, tight, charity

5. Greece Sees Gold Boom, but at a Price
希臘蘊藏黃金，但開採的代價不菲
KEY WORDS
Greece, gold, at a price

6. Golden Globes to 'Argo' and 'Les Misérables'
《亞果出任務》與《悲慘世界》是金球獎大贏家
KEY WORDS
Golden Globes, Argo, Les Misérables

7. After Years of Discord, California and Nevada Agree on Tahoe Development
加州與內華達州經過幾年意見相左後，一致同意太浩湖的開發
KEY WORDS
discord, agree, development

8. New York Has Gun Deal, With Focus on Mental Ills
紐約通過槍枝管制法令，嚴禁心理疾病患者擁有槍枝
KEY WORDS
Gun, deal, mental ills

9. School Bus Drivers' Union Calls for Strike on Wednesday
校車司機工會呼籲週三罷工
KEY WORDS
School Bus, strike

10.Worry Over Sales Spurs Talk of Cheaper iPhones
擔憂銷售不如預期，開啟 iPhones 降價的可能性
KEY WORDS
worry, sales, cheaper iPhones

11.Fortunes of Facebook May Hinge on Searches
臉書的「錢途」得靠強力搜尋引擎
`KEY WORDS`
fortunes, Facebook, searches

12.A Data Crusader, a Defendant and Now, a Cause
資訊透明化的捍衛者，昔日被告，今日原告者
`KEY WORDS`
Data crusader（十字軍戰士、改革運動的鬥士），defendant, now, cause

13.Obama Defends His Record on Diversity in Appointments
歐巴馬捍衛提名任命官員的多元性
`KEY WORDS`
Obama, defends, diversity, appointments

14.House to Take Up Storm Relief Bill Amid Battle Over Spending
白宮在經費支出的爭議中提出風災的賑災法案
`KEY WORDS`
storm relief, battle, spending

15.To Get Movies Into China, Hollywood Gives Censors a Preview
好萊塢影片想進軍中國，得先通過中國的審查關卡
`KEY WORDS`
Hollywood, China, censor

16.Hospitals Turn Away Visitors With Flu Symptoms
醫院拒絕流感症狀的訪客
`KEY WORDS`
Hospitals, turn away, visitors, flu

17.Study Measures Impact of China's One-Child Policy
中國一胎化政策衝擊、影響之探討
KEY WORDS
impact, China's one child policy

18.The Lifting of a Veil, Discreetly
小心翼翼地揭開事實的真相
KEY WORDS
lifting, veil（面紗）, discreetly

19.In Unlikely Comeback, Chrysler Is Outgaining Bigger Detroit Rivals
不可思議的東山再起：克萊斯勒擊敗底特律其他汽車大廠
KEY WORDS
Unlikely comeback, Chrysler, outgaining

20.In Ads, Coke Confronts Soda's Link to Obesity
可口可樂在廣告中勇敢面對可樂造成的肥胖問題
KEY WORDS
ads, coke, confronts, obesity

　　讀完以上二十個《紐約時報》的標題，讀者不難發現英文報紙標題的幾項特色：
①未必是句子，有可能是片語。
②未必合乎文法。
③使用的單字、片語不難。
④不必太在意文法，只需抓住名詞、形容詞、動詞等關鍵字，便可以讀懂英文報紙的標題。

二、實例講解《紐約時報》

應用「懶人包」英文閱讀法的「3詞KO法」（關鍵字：名詞、形容詞、動詞）與「金、銀、銅、鐵法」。

秒殺英文法

☞ 先抓金銀，再抓銅鐵

`NOTE`

● 報紙不同於雜誌，段落比較短，所以使用「金、銀、銅、鐵法」時，只掃瞄第一段（金）與最後一段（銀），以便於了解整篇文章大意。中間段落（銅、鐵）為擴充詳述，支撐第一段的主題論述與引導最後一段的文章結論，可以事後再看。

實例講解

1.Obama Gun Proposal to Look Beyond Mass Shootings

威斯康辛校園槍擊屠殺案：防患於未然的歐巴馬的槍枝管制案

①第一段

A new federal assault weapons ban and background checks of all gun buyers, which President Obama is expected to propose on Wednesday, might have done little to prevent the massacre in Newtown, Conn., last month. The semiautomatic rifle that Adam Lanza used to shoot 20 schoolchildren and 6 adults complied with Connecticut's assault weapons ban, the police said, and he did not buy the gun himself.

大意：新的聯邦攻擊性武器的禁令與檢查所有槍枝購買

者的身分，對於屠殺案並無實質有效的幫助，因為兇手並不是自己買槍的。

3 詞 KO 法

new federal assault weapons ban, background checks, gun buyers, Obama, little, prevent, massacre, not buy the gun himself

②最後一段

With many of the proposals in Washington expected to be somewhat limited in scope, some public health researchers and gun control advocates said it was difficult to know what impact the recommendations might have.

大意：華盛頓當局希望可以稍微限制槍枝管制的提案，因為很難知道這些提案的功效。

3 詞 KO 法

proposals, Washington, somewhat limited, difficult, know, impact, recommendations

③金＋銀＝整篇文章摘要

新的聯邦攻擊性武器的禁令與檢查所有槍枝購買者的身分，對於屠殺案並無實質有效的幫助，因為兇手並不是自己買槍的。華盛頓當局希望可以稍微限制槍枝管制的提案，因為很難知道這些提案的功效。

2.Clarity and Confusion From Tuition Calculators

大學學費線上試算究竟是讓學費更透明，還是更混淆不清

①第一段

The annual ritual of college admissions has shifted from the season of applying to the season of waiting. While that means an anxious vigil for millions of teenagers like Zachary Ewell, it goes double for their parents. Heidi and Mike Ewell must wait not only to learn where Zachary will go, but also how many thousands of dollars they will have to pay.

大意：大學入學是讓人焦慮的等待，尤其對家長而言更是雙重的擔憂，不僅擔心小孩上哪所學校，更要擔心支付多少學費。

3 詞 KO 法

college admissions, anxious vigil, teenagers, double, where, go, parents, dollars, pay

②最後一段

A 2008 federal law requires all colleges that participate in federal student aid programs to post net-price calculators on their Web sites. The Department of Education laid out a short list of required features and designed a template for a simple calculator, which many public colleges use. But colleges have wide latitude to take other factors into account, design their own calculators and ask far more questions.

大意：凡是受聯邦政府補助的大學，皆要在網路上安置學費試算系統，有一模版提供給大學使用，但是大學可以自行設計試算系統，增添其試算精確的變數。

3 詞 KO 法

colleges, federal student aid programs, calculators, Websites, template, public colleges, but, wide latitude, design, their own calculators

③金＋銀＝整篇文章摘要

大學入學是讓人焦慮的等待，尤其對家長而言更是雙重的擔憂，不僅擔心小孩上哪所學校，更要擔心支付多少學費。凡是受聯邦政府補助的大學皆要在網路上安置學費試算系統，有一模版提供給大學使用，但是大學可以自行設計試算系統，增添其試算精確的變數。

3.Deepening Crisis for the Dreamliner
波音七八七夢幻客機危機加劇

①第一段

TOKYO — The two largest Japanese airlines said Wednesday that they would ground their fleets of Boeing 787 aircraft after one operated by All Nippon Airways made an emergency landing in western Japan.

大意：在波音七八七夢幻客機發生緊急迫降的事件後，日本兩家最大的航空公司宣佈停飛波音七八七。

3 詞 KO 法

two largest Japanese airlines, ground, Boeing 787, after, emergency landing, safety, U.S. manufacturer's latest plane

②最後一段

Updesh Kapur, a spokesman for Qatar Airways, affirmed on Wednesday the airline's view that the Dreamliner was safe but declined to comment on the decisions by the Japanese carriers. Qatar Airways operates three Dreamliners and has orders and purchase options for 57 more.

大意：卡達航空宣稱波音七八七夢幻客機安全無虞，但拒絕評論日本航空公司停飛該客機的事件。

3 詞 KO 法

Quarter Airways, Dreamliner, safe, declined, comment, decisions, Japanese carriers

③金＋銀＝整篇文章摘要

在波音七八七夢幻客機發生緊急迫降的事件後，日本兩家最大的航空公司宣佈停飛波音七八七。然而卡達航空宣稱波音七八七夢幻客機安全無虞，但拒絕評論日本航空公司停飛該客機的事件。

4. Facebook Unveils a New Search Tool
臉書公開新的搜尋工具

①第一段

Facebook has spent eight years nudging its users to share everything they like and everything they do. Now, the company is betting it has enough data so that people can find whatever they want on Facebook. And on Tuesday, it unveiled a new tool to help them dig for it.

大意：臉書讓使用者分享他們的所有事情，如今統整足夠的資料可以讓使用者在臉書上找到他們想找的任何資料。

3 詞 KO 法

Facebook, users, share everything, enough data, find whatever they want

②最後一段

"As people shared more and more content, we saw that we needed to give them better ways to explore and enjoy those stories and memories," they wrote.

大意：隨著人們分享更多的資訊內容時，需要給予他們更好的方式，可以讓他們探討與享受他們的故事與回憶。

3 詞 KO 法

people, share, more content, better ways, explore, enjoy, stories, memories

---

③金＋銀＝整篇文章摘要

臉書讓使用者分享他們的所有事情，如今統整足夠的資料，可以讓使用者在臉書上找到他們想找的任何資料。隨著人們分享更多的資訊內容時，需要給予他們更好的方式，可以讓他們探討與享受他們的故事與回憶。

5.Study Discovers DNA That Tells Mice How to Construct Their Homes

研究發現從老鼠的 DNA 中可以知道，牠們如何建構牠們的鼠窩

①第一段

The architectural feats of animals — from beaver dams to birds' nests — not only make for great nature television, but, since the plans for such constructions seem largely inherited, they also offer an opportunity for scientists to tackle the profoundly difficult question of how genes control complicated behavior in animals and humans.

大意：動物天生的建築本能，可以提供科學家有機會一探基因如何控制人類與動物的複雜行為。

3 詞 KO 法

architectural feats, animals, construction, inherited, opportunity, scientists, genes, control complicated behavior

②最後一段

These are, however, regions of DNA, not actual genes. Next comes the attempt to find the specific genes and then the pathways from genes to behavior. Dr. Anholt said "this is really only a first step," and that the next phase would be even more difficult. Dr. Bargmann said "the hardest thing about studying natural traits is that end game," getting from the region of DNA down to a particular gene.

大意：研究的領域是針對 DNA 而非基因，接下來，企圖發現特定的基因與基因如何影響到行為的途徑，最困難的是在於如何從 DNA 領域跨越到特定基因的研究。

3 詞 KO 法

DNA, not genes, specific genes, pathways from genes to behavior, hardest, getting DNA to particular gene

③金＋銀＝整篇文章摘要

動物天生的建築本能可以提供科學家有機會一探基因如何控制人類與動物的複雜行為。研究的領域是針對 DNA 而非基因，接下來，企圖發現特定的基因與基因如何影響到行為的途徑，最困難的是在於如何從 DNA 領域跨越到特定基因的研究。

NOTE

●因為篇幅有限，再加上新聞本身的冗長，無法提供每一則完整的新聞，只提供該篇新聞的第一段與最後一段，但是透過「3 詞 KO 法」與「金、銀、銅、鐵法」，依然可以概略地知道整則新聞的大意。

以上資料皆取自於 www.nytimes.com

Lesson
4

中文轉個彎
就能學成
口語英文

以中文聯想法來學英語

我常聽到學生說：「英文老師總是要我們以英文來思考，但是我的英文字彙又不多，講英語的機會也不多，滿腦子都是中文，如何用英文思考？」對於 non-native speakers 來說，到底有沒有可能以英文來思考呢？答案是有可能！必須在這幾種情況下，才可以英文思考，隨心所欲地講你要講的話：

1. ABC（American Born Chinese，出生在美國的華人）
2. BBC（British Born Chinese，出生在英國的華人）
3. English as one of the official languages（英文為該國的官方語言之一）
4. A good command of English（良好的英語能力、具備一定的英文詞彙）
5. All-English environment（全英語的環境）
6. Frequently speaking English（經常講英語）

但是，很多的英文老師在學生學習英文一段時間後，即要求學生們講英文時以英文來思考，真的是強人所難。

並非每個人都有機會時常講英文，也就是說在缺乏「情境環境」之下，如果千篇一律地要求學生以英文思考，反而會使他們不知所措，只好閉上嘴巴，遠離英語。

為了讓缺乏英語環境的學生也敢開口講英語，我提出了一套「中英文並用」的方法，可以使同學們在講英語時快速地互相轉換；即使一時忘了英文說法，也可以迅速以中文「聯想」到英文，久而久之，便可以養成一種機械式的習慣反應，讓你講英語時愈講愈流利。

例如「我會大吃一驚！」＝ My jaw will drop.

　　此種模式是以強行記憶的方式硬記，日子一久，不去反覆練習，一定會忘記。因為你有可能會以中文直譯成 I will be surprised. 外國人也聽得懂這句話，但是它很生硬，是教科書上所教的制式英語。如果是道地的美式英語，則會講 My jaw will drop. 此句較為生動，也比較生活化。所以，一開始以「中文聯想法」來聯想，就可以立馬見成效，即使忘記英文，也可以此聯想的方式，幫助記憶。

　　我會大吃一驚＝我的下巴會掉＝ My jaw will drop.

　　「中文聯想法」並不是直接以中文譯成英文，而是將原本所要講的英文無法以中文直譯的方式說出，改由間接聯想的方式，聯想出具體的意象，講出道地的英文。以此聯想法可以幫助你的英語口語「超給力」、生活化，拉進與 native speakers 的距離，也可以免除教科書上的制式化、硬邦邦的英語。

實例講解

1. 太貴了＝ It's overpriced. ＝強行記憶

　　中文聯想法

　　太貴了＝價格過高

　　＝ It's overpriced（high-priced）.

　　NOTE

　　●「太貴了」很多台灣人都會講 "The price is too expensive." 此句是中式英語，在英語中，價格只有高、低，而無昂貴與便宜之分，所以你可以講 "The price is so high." 但是這句話也是硬邦邦的，外國人通常會講 "It's overpriced."。

2. 我腿都軟了＝ I'm weak in my knees. ＝強行記憶

　　中文聯想法

　　我腿都軟了＝我的膝蓋很弱

　　＝ I'm weak in my knees.

●此句話的英文與「腿」無關，而與「膝蓋」有關；所以這句話如果是以中文直譯成 "My legs are soft." 老外鐵定聽不懂。這句話的道地英文是 "I'm weak in my knees."。

3. 我緊張得要命＝ I'm **a bundle of nerves**. ＝強行記憶

　中文聯想法

我緊張得要命＝我神經緊繃
＝ I'm a bundle of nerves.

NOTE

●大部分人會以中文直譯成 "I'm very nervous."，但是老外常說 "I'm a bundle of nerves." 意謂著「神經緊繃」。

●bundle（n.）：一綑、一束；nerve（n.）：神經。

4. 你令我神魂顛倒＝ You take my breath away. ＝強行記憶

　中文聯想法

你令我神魂顛倒＝你帶走我的呼吸
＝ You take my breath away.

NOTE

●這是熱戀中男女經常講的話，"You take my breath away." 中文的意思為「你帶走我的呼吸」，意謂著「我為你／妳著迷得無法呼吸」。這句話也是經典電影《捍衛戰士》（ Top Gun ）的插曲，當年我會講這句話，也是藉由聽英文歌曲學來的，所以聽英文老歌也是學英文不錯的管道，一舉兩得！

5. 我是位業務員＝ I'm in sales. ＝強行記憶

　中文聯想法

我是位業務員＝我是做業務的
＝ I'm in sales.

●台灣人習慣說「我是位業務員」為 "I'm a sales person."，但老外通常會說 "I'm in sales."。

6. 我無法克制自己＝ I can't help it. ＝強行記憶

中文聯想法

我無法克制自己＝我無法幫忙
＝ I can't help it.

●這是一句習慣語，用來表示「無法克制自己」。

7. 我忍不住了（上大號／小號）＝ I can't hold it any more.
＝強行記憶

中文聯想法

我忍不住了＝我再也不能握住它
＝ I can't hold it any more.

●此句話是老外的習慣說法，用在一個人急著想上廁所時所講的。

8. 別煩我＝ Leave me alone. ＝ Stop bugging me. ＝強行記憶

中文聯想法

①別煩我＝留下我一個人＝ Leave me alone.
②別煩我＝停止對我嗡嗡叫＝ Stop bugging me.

●第一種講法是普遍上的講法，第二種講法是「比較生氣」的講法。bug 當動詞時意思是「嗡嗡叫」，所以 "Stop bugging me" 意謂著「不要像蟲一樣對我嗡嗡叫，讓我清靜一點」。

9. 你有口臭＝ You have bad breath. ＝強行記憶

你有口臭＝你有臭呼吸
＝ You have bad breath.
NOTE
- "You have bad breath." ＝「你呼出的氣臭臭的」
  即是中文常講的「你有口臭」。

10. 很可惜＝ It's a shame. ＝強行記憶
中文聯想法
很可惜＝很遺憾
＝ It's a shame.
NOTE
- 「很可惜」這句話，幾乎所有教科書上都寫著 "It's a pity."，但老外卻習慣說 "It's a shame."。shame 除了可以當「可恥」之外，也可以當作「遺憾」，不過一般人鮮少知道這個用法。

11. 快點穿衣服＝ Get dressed quickly. ＝強行記憶
中文聯想法
快點穿衣服＝快點穿上衣服
＝ Get dressed quickly.
NOTE
- 很多人會將「快點穿衣服」直譯成 "Put on your clothes quickly."，這是中式英文，不是 native speakers 在講的日常英文。
- dress（v.）穿上衣服，習慣用被動語態。

12. 領月薪＝ I got paid once a month. ＝強行記憶
中文聯想法
領月薪＝一個月被付錢一次
＝ I got paid once a month.
NOTE

●"I got my salary once a month." 為中式英文，
　不是道地的英語。

13. 我得到訊息＝ I got informed. ＝強行記憶

　　中文聯想法

　　我得到訊息＝我被告知
　　＝ I got informed.
　　NOTE
　　●"I got some messages" 是教科書上所教的英文，
　　　不是日常生活用的英語。

14. 我不能去了＝ I won't be able to make it. ＝強行記憶

　　中文聯想法

　　我不能去了＝我將無法做它
　　＝ I won't be able to make it.
　　NOTE
　　●通常學生會直譯 "I can't go."，但道地的英語應該說
　　　"I won't be able to make it."。

15. 我想把一千元換成十張一百元＝ I'd like to break the
　　1000 note into ten 100 notes. ＝強行記憶

　　中文聯想法

　　我想把一千元換成十張一百元
　　＝我想打破一千元成為十張一百元
　　＝ I'd like to break the 1000 note into ten 100 notes.
　　NOTE
　　●英文換鈔的句型為：S + break ＋大鈔＋ into ＋小鈔。

16. 恐怕沒用＝ I' am afraid that won't help. ＝強行記憶

　　中文聯想法

　　恐怕沒用＝我害怕那幫不上忙
　　＝ I' am afraid that won't help.

NOTE

●中文「恐怕」＝英文 "I'm afraid"。「沒用」在此
句話不用 useless 而用 that won't help，表示對
事情並沒有幫助。

17. 饒了我吧＝ Give me a break. ＝強行記憶

中文聯想法

饒了我吧＝給我休息
＝ Give me a break.

NOTE

●這是相當常用的口語，在電視影集或電影當中常聽
到此句話，意謂著「不要再煩我了，讓我喘口氣、
歇息一下！」

　A：Could you pick me up to the airport?
　　　你能載我去機場嗎？
　B：Give me a break! I am just after work.
　　　饒了我吧！我才剛下班！

18. 說到做到（言出必行）＝ You have my word. ＝強行記憶

中文聯想法

說到做到（言出必行）＝你有我的話
＝ You have my word.

NOTE

●這句話意謂著「一諾千金，承諾的事情絕對做到」。
　word 在此使用單數而非複數。

19. 我跟你完了（男女分手）＝ I'm over you. ＝強行記憶

中文聯想法

我跟你完了＝我跟你結束了
＝ I'm over you.

NOTE

●這是一句慣用語，over 在此是「結束」的意思。

20. 請你不要吵 = Would you please not make so much noise? =強行記憶

中文聯想法

請你不要吵=請你不要製造那麼多噪音
= Would you please not make so much noise?

NOTE

● 這句話如果講成 "Please don't make so much noise." 以 Please 開頭是祈使句（命令句）的講法，是種不太客氣的講法，而 "Would you please not make so much noise?" 以問句問之，是比較客氣的講法。

21. 我請客（我來買單）= Let me get this. =強行記憶

中文聯想法

我請客（我來買單）=讓我得到這個
= Let me get this.

NOTE

● 也可以講成 "It's my treat." 或 "It's on me."，我請客。

22. 沒時間了 = There's no time left. =強行記憶

中文聯想法

沒時間了=沒有時間留下來
= There's no time left.

NOTE

● 大部分的學生都會講 "I have no time."，老外雖然聽得懂這種中式英文，但那不是道地的英語，通常老外會講 "There's no time left."。

23. 過獎了（受寵若驚）= I'm flattered. =強行記憶

中文聯想法

過獎了（受寵若驚）=我被奉承了
= I'm flattered.

●flatter（v.）：奉承、恭維。

24. 現在幾點了？= Do you have the time? =強行記憶
中文聯想法
現在幾點？=你有時間嗎？
= Do you have the time?
NOTE
●大部分人都會講成 "What time is it?"，因為所有教科書都是這麼教，但是老外習慣講 "Do you have the time?"，中文的意思雖然是「你有時間嗎？」但實際上是問人家：「現在幾點了？」

25. 讓我來= Allow me. =強行記憶
中文聯想法
讓我來=允許我
= Allow me.
NOTE
●「讓我來」不能直譯成 "Let me do it."，外國人或許聽得懂，但不是他們平日常講的英語，老外習慣講 "Allow me."。

26. 再接再厲（繼續保持佳績）= Keep up the good work.
=強行記憶
中文聯想法
再接再厲（繼續保持佳績）=保持好工作
= Keep up the good work.
NOTE
●勉勵人繼續維持好成績。

27. 我這是在說客氣話= I am being polite. =強行記憶
中文聯想法

我這是在說客氣話＝我是禮貌的
＝ I am being polite.
NOTE
●「我這是在說客氣話」不能從中文直譯，因為此句
話中的英文無「客氣」也無「話」，而應先轉換成
「我是禮貌的」，再轉成英文。"I am being polite."
表示「如此說只是基於禮貌，而不是真心的認同」。

28. 我不喜歡吃魚＝ I don't care for fish. ＝強行記憶
中文聯想法
我不喜歡吃魚＝我不喜歡魚
＝ I don't care for fish.
NOTE
●「我不喜歡吃魚」絕大多數的人都會直譯成 "I don't
like to eat fish."，這句話也是「教科書英語」而非
生活英語，native speakers 通常會說 "I don't care
for fish."。
● care for（v.）：喜歡，在此非照顧的意思。

29. 我不能赴約＝ I won't be able to keep the appointment.
＝強行記憶
中文聯想法
我不能赴約＝我將不能履行這個約會
＝ I won't be able to keep the appointment.
NOTE
●不能講成 "I can't meet you."，此句話不會被理解
成「不能赴約」，而是意謂著「基於某種理由，不
能夠與你見面」。所以「我不能赴約」，通常外國人
會講 "I won't be able to keep the appointment."。
● keep（v.）：在此的意思為「履行」。
appointment（n.）：一般約會。
date（n.）（v.）：男女之間的約會。

30. 看情形＝ It depends. ＝強行記憶
   中文聯想法
   看情形＝依～而定
   ＝ It depends.
   NOTE
   ●depend（v.）：在此意思為「依～而定」。

31. 很合乎道理（顯而易見）＝ It stands to reason ＝強行記憶
   中文聯想法
   很合乎道理（顯而易見）＝有道理地站著
   ＝ It stands to reason.
   NOTE
   ●大部分的人會直譯成 "It's reasonable."，但是老外經常講 "It stands to reason."。

32. 你好虛偽＝ You are so faked ＝強行記憶
   中文聯想法
   你好虛偽＝你好假
   ＝ You are so faked.
   NOTE
   ●faked（adj.）：假的、偽裝的

33. 我中獎了＝ I won the lottery. ＝強行記憶
   中文聯想法
   我中獎了＝我贏得樂透彩了
   ＝ I won the lottery.
   NOTE
   ●lottery（n.）：獎券、樂透彩。

34. 我今天非常高興＝ I'm having a great day. ＝強行記憶
   中文聯想法

我今天非常高興＝我有很棒的一天
＝ I'm having a great day.
NOTE
●大多數台灣人都會講成 "I'm very happy today."，
這句話硬邦邦的，不是老外在日常生活中會講的
話，他們習慣說 "I'm having a great day."。

35. 今天真走運（幸運）＝ Today's my day. ＝強行記憶
中文聯想法
今天真走運（幸運）＝今天是我的日子
＝ Today's my day.
NOTE
●表示今天事事順利，是生活中經常使用的英語。

36. 今天真衰＝ Today's not my day. ＝強行記憶
中文聯想法
今天真衰＝今天不是我的日子
＝ Today's not my day.
NOTE
●「今天真衰」這句話的英文，不會有「衰」（unlucky）
或「不幸運的」（unfortunate）等字出現，通常
只會講 "Today's not my day."，簡潔明瞭。

37. 我昨晚熬夜＝ I pull an all-nighter. ＝強行記憶
中文聯想法
我昨晚熬夜＝我昨晚通宵工作
＝ I pull an all-nighter.
NOTE
●「熬夜」可以講 stay（sit）up，或者是 pull an
all-nighter（n.，通宵工作），這兩種都是生活
英語，而我們在高中時所學過的 burn the midnight
oil 是屬於文章式英文，在日常生活中很少使用。

38. 電話佔線＝ The line is busy（engaged）. ＝強行記憶
中文聯想法
電話佔線＝電話線在忙
＝ The line is busy（engaged）.
NOTE
●「電話佔線」不能直譯成 "The telephone is occupied."，應該講 "The line is busy（engaged）." 。

39. 用用腦吧＝ Use your noodle. ＝強行記憶
中文聯想法
用用腦吧＝使用你的傻瓜頭腦吧
＝ Use your noodle.
NOTE
●noodle 除了「麵條」之外，在美式俚語中是「傻瓜、笨蛋」之意，此句話 "Use your noodle." 是一句「貶人」的話語。如果直譯成 "Use your brain."，老外一聽，便知道你並不是 native speaker。

40. 誰鳥你啊＝ Who cares. ＝強行記憶
中文聯想法
誰鳥你啊＝誰在乎啊
＝ Who cares.
NOTE
●「誰鳥你啊！」此句話的英文並沒有「鳥你」這兩個字，在生活英語中，"Who cares." 最接近此意，不可直譯成 "Who birds you."，會貽笑大方。

41. 你有什麼嗜好？＝ What do you do for fun? ＝強行記憶
中文聯想法
你有什麼嗜好？＝你做什麼來娛樂？
＝ What do you do for fun?
NOTE

●「你有什麼嗜好」教科書上的答案是 "What's your hobby?"，雖然外國人聽得懂這句話，但這不是他們在日常生活中的會話，而且會產生一種距離感，他們通常會說 "What do you do for fun?"。

42. 加油＝ Hang in there. ＝強行記憶

中文聯想法

加油＝吊在那裡
＝ Hang in there.

NOTE

●中文的「加油」，在老外口裡經常講的是 "Hang in there."（挺住、堅持下去），是一句鼓勵的話，也可以說 "Way to go." 或者是 "Go for it."。

43. 少來這套＝ Don't give me that. ＝強行記憶

中文聯想法

少來這套＝不要給我那個
＝ Don't give me that.

NOTE

●中文「少來這套」在英語中無法直譯，其英文為 "Don't give me that."，意謂著「不要再用那老套的藉口搪塞我」。

A：If I had wings, I would fly to you right now.
　　如果我有翅膀，我會馬上飛到你身邊。

B：Don't give me that.
　　少來這套。

44. 努力可嘉＝ Good effort. ＝強行記憶

中文聯想法

努力可嘉＝好努力
＝ Good effort.

NOTE

●此句是用來稱讚別人的好表現，例如：
A：I got eighty percent on the English test.
　　我這次英文考 80 分。
B：Good effort.
　　努力可嘉！

45. 我考得很好＝I passed with flying scores. ＝強行記憶
　　中文聯想法
　　我考得很好＝我以飛揚的分數通過
　　＝I passed with flying scores.
　　NOTE
　　●在考試中「考得很好」，在英文中不會出現「考」
　　與「好」字，無法以直譯的方式說出。老外通常
　　會講 "I passed with flying scores."，或者是說
　　"I aced it."（考得很好），也可以說 "I scored
　　high on the test."（我考高分）。

46. 我低空飛過＝I barely passed. ＝強行記憶
　　中文聯想法
　　我低空飛過＝我勉強通過
　　＝I barely passed.
　　NOTE
　　●在考試中「低空飛過」意謂著「勉強通過」，
　　native speakers 習慣說 "I barely passed."。

47. 我考得不好＝I bombed the test. ＝強行記憶
　　中文聯想法
　　我考得不好＝我考砸了＝
　　I bombed the test.
　　NOTE
　　●很多學生會將「我考得不好」說成 "I did not do
　　well on the test." 外國人雖然聽得懂，但語氣不

強，沒有「懊悔」的語氣。如果要表示「考砸了」，
老外習慣講 "I bombed the test." 語氣較強，帶
有「懊悔」的語氣，也比較貼近日常生活的英語。
● bomb（v.）（美式俚語）：慘敗、搞砸；考試不
及格。

48. 準備就緒＝ All set. ＝強行記憶
　　中文聯想法
準備就緒＝都準備好了
＝ All set.
NOTE
● set（adj.）：準備好的。
Are you all set for the journey?
你們旅行的東西都準備好了嗎？
● all set 也可以表示「都好了」。
A：How's your work getting along?
你的工作進行得如何？
B：All set.
都做好了。

49. 今天到此為止吧＝ Let's call it a day. ＝強行記憶
　　中文聯想法
今天到此為止吧！＝讓我們結束一天
＝ Let's call it a day.
NOTE
● call 在此句話的意思是「結束」。
A：Let's call it a day. I'm so starving.
今天到此為止吧！我好餓！
B：Alright!
好！

50. 你先請＝ After you. ＝強行記憶

你先請＝在你之後
＝ After you.
NOTE
●國人講「你先請」時通常會講成 "You go first."，
  但 這 不 是 道 地 的 英 語 ， 在 英 文 中 得 講 "After
  you."，表示「在你之後」的意思。
  A：Let's get in the car.
    我們上車吧！
  B：After you.
    你先請。

51. 好擠＝ It's packed. ＝強行記憶
好擠＝塞得滿滿的
＝ It's packed.
NOTE
●教科書都是教 "It's crowded."，但是老外習慣說
  "It's packed." 或者是 "It's swarmed."。
●packed（adj.）：塞得滿滿的，擁擠的
  swarmed（adj.）：擠滿的。

52. 拖延時間＝ buy time ＝強行記憶
拖延時間＝買時間
＝ buy time
NOTE
●buy time 不容易從字面上知道它的意思，故須用
  聯想法將 buy time（買時間）聯想成「藉由買時
  間，將時間延長」會比較好記住。

53. 玩電腦＝ mess around on the computer ＝強行記憶

中文聯想法

玩電腦＝在電腦上鬼混
＝ mess around on the computer

NOTE

● 「玩電腦」我們通常直譯成 play with the computer，
但老外習慣上說 mess around on the computer
（在電腦上鬼混），暗有所指「玩電腦」這件事情
並不是「正事」。

54. 對極了＝ You're dead right. ＝強行記憶

中文聯想法

對極了＝你完全是對的
＝ You're dead right.

NOTE

● 大部分的英文單字都是一字多義；如果一個單字
只學會它的一種意義，很多時候會發現，無法以
「一個字義打遍天下無敵手」。

● dead（adj.）：死的；完全的、全然的。以本
句的 dead 來說，是表示「完全的、全然的」，
所以 "You're dead right." 的中文意思是「對極
了、你完全是對的」。舉一反三，"You're dead
wrong." 就是「你完全是錯的」。

55. 揮霍無度＝ burn a hole in one's pocket ＝強行記憶

中文聯想法

揮霍無度＝口袋裡燒了一個洞
＝ burn a hole in one's pocket

NOTE

● burn a hole in one's pocket 可以聯想成「口袋裡
燒了一個洞，所以無法存錢」。

56. 真糟糕（不幸）＝ How awful. ＝強行記憶

中文聯想法

真糟糕（真不幸）＝好糟糕的

＝ How awful.

NOTE

● 大部分的人講「好糟糕／真不幸」應該都會講成
   "How terrible!"或者是"How unlucky."，事實上，
   這兩句話都是中文直譯，老外習慣說 "How awful!"

● awful（adj.）：糟糕的

57. 有錢能使鬼推磨＝ Money talks. ＝強行記憶

中文聯想法

有錢能使鬼推磨＝錢講話

＝ Money talks.

NOTE

● "Money talks." 是常用的俚語，可以聯想成「錢在
   講話，主導一切」。

58. 我每天都有空＝ Anytime is good with me. ＝強行記憶

中文聯想法

我每天都有空＝任何時間都可以

＝ Anytime is good with me.

NOTE

● 「我每天都有空」中文直譯為 "I'm free every
   day."，雖然外國人可能聽得懂此句話，但是他們
   會覺得你的用語很生硬，不夠生活化。老外通常
   會講 "Anytime is good with me." 表示「我每天
   都有空」。

59. 吃不到葡萄說葡萄酸＝ Sour grapes. ＝強行記憶

中文聯想法

吃不到葡萄說葡萄酸＝酸葡萄

＝ Sour grapes.

NOTE
●「吃不到葡萄說葡萄酸」英文的說法其實很簡短。
我們也常說人家的嫉妒心是「酸葡萄心理」。

60. 不能相提並論＝ Compare apples and oranges. ＝
強行記憶

中文聯想法

不能相提並論＝比較蘋果與柳橙
＝ Compare apples and oranges.

NOTE
●此句是美式俚語，可以聯想成「蘋果的價格遠高
於柳橙的價格」，所以兩者之間「不能相提並論」。

61. 你真好啊＝ You're such a peach. ＝強行記憶

中文聯想法

你真好啊＝你是個極好的人
＝ You're such a peach.

NOTE
●此句中的 peach 不是指「桃子」而是指「極好的
人」，是美式常用俚語；除此之外，也可以指「漂
亮的女孩」。可以把「桃子的汁多甜美」聯想成
「極好的人或長相甜美的女孩」。

62. 我很健康＝ I'm in shape. ＝強行記憶

中文聯想法

我很健康＝我的型態很好
＝ I'm in shape.

NOTE
●「我很健康」多半被直譯成 "I'm very healthy."，
但這是「教科書上的英語」，日常生活中老外習
慣說 "I'm in shape." 表示身體很健康。
● shape（n.）：在此指「身體狀況很好」。

63. 難倒我了（我想不出來）= Beats me. =強行記憶
    中文聯想法
    難倒我了（我想不出來）=打敗我
    = Beats me.
    NOTE
    ●Beats me."「打敗我」可以聯想成「我被這個問題打敗，所以難倒我了，想不出答案來」。也可以講成 "Search me."。

64. 我快忙不過來了= I can hardly catch my breath. =強行記憶
    中文聯想法
    我快忙不過來了=我幾乎不能喘息
    = I can hardly catch my breath.
    NOTE
    ●「忙得連喘息的時間都沒有」表示「我快忙不過來了」。

65. 想開一點= Don't take things too hard(seriously). =強行記憶
    中文聯想法
    想開一點=不要把事情想得太難（嚴重）
    = Don't take things too hard（seriously）.
    NOTE
    ●類似這樣的講法還有 "Take it easy."、"Things don't have to be so hard."、"Don't take things too seriously."

66. 一籌莫展= Nothing works. =強行記憶
    中文聯想法
    一籌莫展=沒有事情行得通
    = Nothing works.

NOTE
- 此句中的 work 表示「起作用、行得通」。

67. 臭死了＝ Stinky smells. ＝強行記憶
中文聯想法
臭死了＝惡臭的味道
＝ Stinky smells.
NOTE
- stinky（adj.）：惡臭的；smell（n.）：味道。
  此句話中的 smells 通常使用複數。

68. 你的石門水庫沒關＝ Your fly is down. ＝強行記憶
中文聯想法
你的石門水庫沒關＝你的拉鍊往下
＝ Your fly is down.
NOTE
- zipper（n.）：拉鍊，比較正式的用語，例如「買
  一條拉鍊」："I'd like to pick up a zipper."，但
  是口語中的拉鍊，習慣用 fly。

69. 我們去跳舞吧＝ Let's go clubbing. ＝強行記憶
中文聯想法
我們去跳舞吧＝我們去俱樂部
＝ Let's go clubbing.
NOTE
- "Let's go dancing." 是比較老式的說法，現在年輕
  人比較常講 "Let's go clubbing."

70. 各付各的＝ Let's split it. ＝強行記憶
中文聯想法
各付各的＝讓我們分攤吧
＝ Let's split it.

●「各付各的」台灣人喜歡講 "Go Dutch." (去荷蘭)，但是此句話是 LKK，已不符合時代潮流，而且帶有嘲諷的意味，老外早就不講了！他們習慣說 "Let's split it." (我們平均分攤)，所以下次你再講 "Go Dutch." 時，老外肯定會以為你「穿越時空」，從古代來到現代。

71. 他在罵我＝ He's calling me names. ＝強行記憶

中文聯想法

他在罵我＝他在叫我的名字
＝ He's calling me names.

NOTE

● "He's calling me names." 從字面上來解釋的話是「他在叫我的名字」，但事實上你不常稱呼別人的全名，除了幾種特定情況之外，其中一種情況就是「罵人家」，因此 "He's calling me names." 他一直重複叫我的名字，表示「他在罵我」的意思。

72. 你的服裝好炫＝ Your outfit is dazzling. ＝強行記憶

中文聯想法

你的服裝好炫＝你的服裝光彩奪目
＝ Your outfit is dazzling.

NOTE

● 此句話的「服裝」不能講成 clothes (衣服)，需講 outfit (整套服裝)。
● dazzling (adj.)：光彩奪目。

73. 我的牙痛死了＝ My teeth are killing me.

中文聯想法

我的牙痛死了＝我的牙齒正在殺死我
＝ My teeth are killing me.

NOTE
● 此句中的 kill（v.）意思為「使……極不舒服」。「～痛死了」皆可以使用此句型：S ＋ be ＋ killing me.。

74. 有氣質一點＝ Be elegant. ＝強行記憶

中文聯想法

有氣質一點＝高雅一點
＝ Be elegant.

NOTE
● "Be elegant." 是祈使／命令句，要求人家「有氣質」。
● elegant（adj.）：高雅的、優雅的。

75. 別三八了＝ Don't be silly. ＝強行記憶

中文聯想法

別三八了＝不要耍笨
＝ Don't be silly.

NOTE
● 在英文中並無「三八」一詞，最相近的意思為 "Don't be silly."「不要耍笨！」，類似的講法還有 "Wise up!"（放聰明點！），"Grow up!"（成熟一點！），但後兩者的語氣沒有前者強。

76. 他／她不是我的菜＝ He's / She's not my type. ＝強行記憶

中文聯想法

他／她不是我的菜＝他／她不是我的類型
＝ He's / She's not my type.

NOTE
● 不能直譯成 "He / she is not my dish."，老外鐵定聽不懂，而應該講 "He / She is not my type."「他／她不是我的菜」才是道地的美式英語。

77. 好險＝ That was close. ＝強行記憶
中文聯想法
好險＝好接近
＝ That was close.
NOTE
● "It was so dangerous." 是教科書英語，老外習慣
講 "That was close!" 指「很接近危險，但幸運地
逃過一劫」，也可以講 "That was a close call."。
A：That was close!
好險！
B：That damn car almost hit the boy.
那輛車差點撞到那男孩。

78. 你好兇＝ You're so mean. ＝強行記憶
中文聯想法
你好兇＝你脾氣不好
＝ You're so mean!
NOTE
● mean（adj.）：在美式口語中表示「脾氣暴躁的」。
照樣造句，「別那麼兇」即是 "Don't be so mean."

79. 真是讓我倒胃口＝ That's a turn-off. ＝強行記憶
中文聯想法
真是讓我倒胃口＝那是關起來
＝ That's a turn-off.
NOTE
● turn-off（n.）：源自於動詞 turn off（關閉），
此句中的意思引申為「關起我的興趣」，對於此
東西不感興趣，表示「不喜歡的東西」。相反地，
turn-on（n.）「開起我的興趣」表示「很喜歡的
東西」。

80. 那部電影很難看＝ That movie sucks. ＝強行記憶

中文聯想法

那部電影很難看＝那部電影很爛
＝ That movie sucks.

NOTE

● 這 句 話 不 能 直 譯 成 "That movie is difficult to see."，這是中式英語，外國人聽不懂。此句中的 suck（v.）原本是「吸、吮」，在此表示「爛、令人討厭」，也可以用 stink 表示「很爛」、「糟透了」："That movie stinks!"。

81. 他不太可靠＝ He is shaky. ＝強行記憶

中文聯想法

他不太可靠＝他不穩固的
＝ He is shaky.

NOTE

● "He is not reliable." 是教科書上的制式英文。shaky（adj.）：不穩固的、不可靠的，可以用來形容人或事物，如 "This information is shaky."（這訊息不可靠的）。老外習慣用 shaky 形容人、事、物的「不可靠」。

82. 我擔心得要命＝ I was worried sick ＝強行記憶

中文聯想法

我擔心得要命＝我擔心得都生病了
＝ I was worried sick.

NOTE

● "I was worried sick."（我擔心得都生病了）用來表示「非常擔心」，我們平常喜歡講的 "I was very worried." 是「教科書英語」，並非是老外的日常生活用語。

83. 他專心讀書＝ He has his nose in a book. ＝強行記憶

中文聯想法

他專心讀書＝他把他的鼻子埋在書中
＝ He has his nose in a book.

NOTE

● 「他專心讀書」教科書的英語：＂He concentrates on studying.＂。道地美式口語：＂He has his nose in a book.＂（他把他的鼻子埋在書中）， 讀書時眼睛、鼻子與書本須保持垂直的距離，好像是把鼻子埋在書中一樣，引申為「專心讀書」。也可以講 ＂He hits the book.＂。

84. 去化妝室＝ Powder one's nose. ＝強行記憶

中文聯想法

去化妝室＝撲粉在鼻子上
＝ Powder one's nose.

NOTE

● 為婦女上廁所時的委婉語，去化妝室除了上廁所外，順便「撲粉在鼻子上」，也就是「補妝」。

85. 對不起，我遲到了＝ Sorry I kept you waiting. ＝強行記憶

中文聯想法

對不起，我遲到了＝對不起，我讓你久等了
＝ Sorry I kept you waiting.

NOTE

● 大部分的台灣學生講「對不起，我遲到了」會毫不思索地講＂Sorry, I am late.＂，此句話誠意不足，因此外國人不是很常講這句話，他們通常會講＂Sorry I kept you waiting.＂（對不起，讓你久等了），是比較有誠意的說法。

86. 你最喜歡什麼事？＝ What's your thing ？＝強行記憶
中文聯想法
你最喜歡什麼事？＝什麼是你的事？
＝ What's your thing?
NOTE
- 「你最喜歡什麼事？」一般教科書會教你講 "What's your favorite thing?"，但是外國人一開始問人家的時候，不習慣講 favorite。但是教科書上這麼教，搞得台灣學生動不動就喜歡用 favorite。其實這句話，日常的生活英語會去掉 favorite 而形成 "What's your thing?"。
    A：What's your thing?
       你最喜歡做什麼事？
    B：Singing is my thing.
       唱歌是我最喜歡做的事。
- 回答時以簡單的 "～ is my thing."，或 "I dig（很喜歡）singing" 即可。

87. 你很龜毛耶＝ You're so anal. ＝強行記憶
中文聯想法
你很龜毛耶＝你很肛門的
＝ You're so anal.
NOTE
- "You're so anal." 是美式俚語，表示一個人做事「很龜毛」，猶如「龜毛」也是中文的俚語一樣。
- anal（adj.）＝肛門的，為何會與「龜毛」有關，你可以聯想成「一個人在撇條時想拉又拉不出來」，如此的情況就像一個人做事不乾脆、拖拖拉拉，挺「龜毛的」。也可以說 "You're so picky."（你很挑剔的），或者是 "You're over critical."（你很吹毛求疵的）。

88. 你很瞎＝ You're so lousy. ＝強行記憶
中文聯想法
你很瞎＝你很沒水準的
＝ You're so lousy.
NOTE
- lousy（adj.）：沒水準的、令人討厭的。此句話是美式俚語，老外很喜歡用 lousy 形容「沒水準的、令人討厭的」人、事、物。

89. 包在我身上＝ Leave it up to me. ＝強行記憶
中文聯想法
包在我身上＝把它留給我
＝ Leave it up to me.
NOTE
- "Leave it up to me." 不難聯想到「包在我身上，有我就可以搞定它」，是一句常用的美式口語。
  A：This math problem is so complicated.
  　　這個數學題很複雜。
  B：Leave it up to me.
  　　包在我身上。

90. 還是別說的好＝ Better left unsaid. ＝強行記憶
中文聯想法
還是別說的好＝不說比較好
＝ Better left unsaid.
NOTE
- 「不說比說好」，native speakers 習慣說 "Better left unsaid."
  A：How's your work getting along?
  　　你的工作如何？
  B：Better left unsaid.
  　　還是別說的好！

91. 恐怕說不上來＝ I'm afraid I couldn't say. ＝強行記憶

中文聯想法

恐怕說不上來＝我害怕我說不出來
＝ I'm afraid I couldn't say.

NOTE

● "I'm afraid I couldn't say." 表示一個人想說卻又
說不出來的時候。中文的「恐怕」，老外習慣說
I'm afraid。

A：What's wrong with your body?
你的身體怎麼了？

B：I'm afraid I couldn't say.
恐怕說不上來。

92. 你最近在忙些什麼？＝ What have you been up to
（lately）？＝強行記憶

中文聯想法

你最近在忙些什麼？＝你最近在做什麼？
＝ What have you been up to（lately）？

NOTE

● be up to ＋ N. / V-ing. ＝做些什麼。

93. 祝你早日康復＝ Get well soon. ＝強行記憶

中文聯想法

祝你早日康復＝快點好＝ Get well soon.

NOTE

● 原本此句應該是 "I hope you get well soon."，
但在口語時通常省略 I hope you，而形成 "Get
well soon."。

94. 努力工作＝ bust my butt ＝強行記憶

中文聯想法

努力工作＝弄壞我的屁股

= bust my butt
NOTE
● bust my butt 是美式俚語，表示一個人「非常努力地工作」。
● bust（v.）：弄壞。butt（n.）：屁股。bust my butt（弄壞我的屁股），可以聯想成「努立工作的時候，忙得屁股都要四分五裂」。
　　A：How've you been doing lately?
　　　　你最近如何？
　　B：I bust my butt.
　　　　很努力地工作。

95. 那沒什麼了不起＝ It doesn't amount to very much.
　　＝強行記憶
　　　中文聯想法
　　那沒什麼了不起＝不等於很多
　　＝ It doesn't amount to very much.
　　NOTE
　　●講此句話時 "It doesn't amount to very much."（那沒什麼了不起！）或多或少（more or less）帶有「酸葡萄」（sour grapes）的心理。
　　　A：He can make NT 80,000 dollars per month.
　　　　　他每個月可賺新台幣八萬塊錢。
　　　B：It doesn't amount to very much.
　　　　　那沒什麼了不起！

96. 遊手好閒＝ goof around ＝強行記憶
　　　中文聯想法
　　遊手好閒＝到處鬼混
　　＝ goof around
　　NOTE
　　● goof（v.）：閒蕩、鬼混。around（adv.）：到處。

178

A：Would you like to check things out?
你要出去逛街嗎？
B：I have a lot to get done. There's no time left to goof around.
我有很多事要做，沒有時間去閒逛、鬼混。

97. 你的眼光真好＝ You have good taste. ＝強行記憶

　　中文聯想法
　　你的眼光真好＝你有好品味
　　＝ You have good taste.
　　NOTE
　　● taste（n.）：品味。"You have good taste." 表示「你有好品味，眼光真好」。相反地，「你眼光真差」就是 "You have bad taste."。
　　A：The pair of glasses really goes with you.
　　　　這副眼鏡很適合你。
　　B：Thanks for your compliments.
　　　　謝謝你的讚美。
　　A：You have good taste.
　　　　你的眼光真好。

98. 你想吃什麼？＝ What do you feel like? ＝強行記憶

　　中文聯想法
　　你想吃什麼？＝你想要什麼？
　　＝ What do you feel like?
　　NOTE
　　●絕大部分的人都會直譯成 "What do you want to eat?"，此種教法是典型的教科書講法，外國人習慣說 "What do you feel like?"，通常省略 eat。
　　A：Time for lunch.
　　　　該吃午餐了。

B：What do you feel like?
你想吃什麼？

99. 我吃飽了＝ I've had enough. ＝強行記憶
中文聯想法
我吃飽了＝我已經夠了
＝ I've had enough
NOTE
● "I'm full. / I'm stuffed" 為英語教科書的講法，
但是這是比較粗俗的講法，在正式場合應該講
"I've had enough." 比較有禮貌。

100. 我完全不懂＝ It's all Greek to me. ＝強行記憶
中文聯想法
我完全不懂＝對我來講是希臘文
＝ It's all Greek to me.
NOTE
● 台灣學生習慣說 "I don't know it at all."，外國人
可能聽得懂，但那不是道地的英語，只是從中文
直譯過來而已。此句中的 Greek 比喻成「難懂
的事」，因為希臘文是古文，現代人當然不懂，
所以當你下一次要講「我完全不懂」的時候，記得
要講 "It's all Greek to me." 也可以講 "I don't
know the first thing about it."。

Lesson
5

立馬見效的
英文寫作課

01 一開始表明立場，避免「無病呻吟」

　　中文思考邏輯模式為「歸納法」（induction），而西方的邏輯思考模式為「演繹法」（deduction），此兩種模式最大的差異性在論述時所進行的方向。舉個例子來說，西方人「假設人類會飛」，以此為基礎，不斷實驗，歷經數百年，終於實現，此乃「演繹法」。

　　一開始大膽假設，將重點置於最前面，後面的論述形成「支撐細節」（supporting details），用來證明假設的可行性，因此一開始把論點說出來是演繹法的「精髓」。反之，以中式思考模式而言，一定要有可靠的論點，一、二、三……等合起來才可以證明人類會飛，此乃「歸納法」。一開始並不提任何的假設，只有在後續的論述中，才會漸漸形成重心的所在。換句話說，若是以一句話解釋中西思考邏輯模式的差異，便是「**英文前重心，中文後重心**」，如果重心不同，以中文模式書寫英文的話，會形成頭輕腳重，違反西方人的思考邏輯，因而覺得格格不入。

　　現今論文式的寫作模式皆是以「演繹法」為基礎，一開始的 Introduction 介紹為何進行此篇論文的書寫以及各章節的大綱，再來是「文獻探討」討論過去相關的研究，並且提出此篇研究所採用的方法，以期達到在此領域的不同成就，最後才是各章節支撐論點的討論與探究。以此模式為藍圖，英文寫作形成系統化的論述：主題論述（thesis statement）→擴充詳述（amplification）→結論（conclusion）。

　　從事英文寫作時，第一段是「決勝關鍵」，猶如電影的預告片一樣，預告片精采與否，可以決定觀眾是否買票進場觀

182

看，所以電影一開頭，尤其是動作片，往往會來一段驚心動魄的開場場面，引起觀眾的注意。英文寫作也是一樣，第一段不要「無病呻吟」，而是要下猛藥，讓讀者清楚知道你的立場，第二段以後才開始「解釋」觀點。

秒殺英文法

☞ 第一段直接表達立場

實例講解

1.On a Part-Time Job in College Life

Is it really significant for students to work while they are attending college？Quite a few（many）college students have part-time jobs partly because some have to work for their tuitions（學費）and partly because others work for nothing but their allowances（零用錢）. For undergraduates, **a part-time job resembles a coin with two sides**：students can not only make money but also complement（補充）the practical experience books cannot provide（提供）on the one hand, and over-indulgence（過度投入）in work will divert（使分散注意力）their attention from studying on the other hand.

NOTE
●一開始表明立場，以 a coin with two sides 主張打工有好處與壞處，因此可以很清楚知道，自第二段起開始論述打工的好處與壞處。

2.Should we build a nuclear power plant?

Beneficial or baleful（有害的）, this issue has fueled

（點燃；使惡化）myriads（lots）of **controversies**. The construction of a nuclear power plant is an emblem（symbol）of an advanced nation, and therefore, Taiwan, having entered upon the developed phase, is taken for granted to develop nuclear power. Nonetheless, the **potential leaking** of a nuclear power plant always **haunts**（使困擾）**the general public**.

NOTE

●一開始以 Beneficial or baleful 點出興建核能發電廠引起許多爭議，雖然擁有核能發電廠是進步國家的象徵，但是潛在的核能外洩始終像鬼魂一樣縈繞在老百姓的心中，從此點可以看出作者對於興建核能發電廠持反對的態度。

3.Do you agree or disagree it is effective for ads or commercials to promote products?

Does any advertisement or commercial cling to（黏住）your memory? In Taiwanese' common memory, the slogan of a commercial--**sharing good things with good friends**-- has emerged as a **daily colloquial**（口語的）**language** and **part of their lives**. This slogan is attached to a brand of coffee. The spotlight（聚焦）of the commercial is on the multiplication（增加）of pleasure by sharing such palatable（delicious, tasty, delectable）coffee with bosom friends（知心好朋友）. The coffee brand has been enjoying widespread renown（名聲）since the debut of the commercial twenty years ago. The young generation does not witness（親眼目睹）the classic commercial, while the slogan often comes out of its mouth. This instance can, undisputedly, substantiate that **a canonical**（經典的）**commercial or advertisement can be conducive**（有助於）**to the promotion of products**.

NOTE

●以知名的 slogan：sharing good things with good friends 說明了此廣告已深植人心，除了提升品牌知名度外，也提升了銷售額，由此可看出作者對於廣告是否能提升產品的銷售抱持正面態度。

4.Love and Bread

Try to imagine this picture—what will happen to a couple if **love lacks bread** or **vice versa**（反之亦然）？The core（核心）of the problem is that bread and **love are equally significant**（重要的）. **Love needs bread to nourish**（滋養）and **bread requires love to flavor**（調味）. Deep affection coupled with a sound（健全的）economic base not merely makes marriage colorful but also stabilizes living quality.

NOTE

●愛情與麵包孰重孰輕呢？一開始便以愛情需要麵包才能得以滋潤，而麵包需要愛情方能得到好味道，由此可看出愛情與麵包缺一不可，同等重要。

5.The Causes and Effects of Colors in Everyday Life

Colors, irrefutably, **add flavors to our daily lives**. Colors can manifest not simply people's feelings but their recognition of things. Nothing is more pertinent（恰當的）than colors to have our world abundantly（豐富地）embellished（裝飾）. Colors unfold the kaleidoscopic（萬花筒般的）facets（facades）（層面）

of the world, and therefore they are variable in diverse（不同的）cultures and traditions. In other words, **colors can unveil**（揭露） **people's perception and the discrepancies**（差異） **of customs**.

NOTE

●以「顏色為我們的日常生活添加許多味道」為開場白，點出顏色在我們日常生活中扮演重要角色，因為豐富的色彩讓世界變得更多采多姿，色彩不僅可以揭露人的想法，也可以反映出文化的差異性。

02 單字片語的提升

　　很多補習班老師在教授英文作文時，幾乎等於是在上文法課。我曾經看過教外文所的英文作文老師還在課堂上教授學生國中基本文法，如 although 不能與 but 連用，because 不能與 so 連用。假如一個準備考外文所的學生連基本文法也不會的話，那還是盡早放棄考外文所的念頭！我不管在學校或者是在補習班教書時都大聲疾呼，英文寫作不是只有文法的問題，文法是寫作最基礎的要素，試問寫中文作文時如果中文語法都對，但是內容離題，結構鬆散，邏輯謬誤，這樣的作文還能得高分嗎？

　　十多年前，我在一所公立女子中學教書時，曾經改過一位同學的英文作文，她所用的文法極深，但是內容空洞乏味，因為太顧及文法的難度，忽略了內容、結構、邏輯，所以我只給她五分。她氣急敗壞地找我理論，認為我不會欣賞她的作文。她把同一篇作文，補習班老師給她的分數拿給我看，二十分中得了十六分，算是滿高的分數，跟我所給的分數差了十一分！

　　我很有耐性地將她的英文作文譯成中文給她看，告訴她內容鬆散，前後不連貫的問題。但是，為何補習班老師給她如此高的分數？原因有二：一、那時升大學補習班的英文作文通常並不是任課老師所批改，因為學生眾多，只好仰賴大學工讀生來改，他們的素質參差不齊，難以有精準的判斷。二、因為她使用一些很難的文法，所以給她高分。

　　其實，英文寫作時，只要會基本句型 S＋V～，**再以外掛形容詞片語、子句、名詞同位語、對等子句、副詞子句等，這樣子的寫法是所有英文句子寫作的根本**。舉凡所有的英語雜誌、英文報紙、英語教科書、研究報告、商業英文書信等，皆是以這樣的方式串連整篇文章。那如何區分初級、中級、進階級作文呢？你可以回想一下，學中文時，如何從初階中文作文晉級到進階作文，不是文法的提升，而是「單字片語」的提升，英文寫作也是如此。但是並不意謂句子中的每一個字皆要提升，這裡我提出一個單字片語提升的「黃金比例」原則：一般單字（國高中單字）佔 70%，托福單字佔 30%。講得更簡單一點，倘若一句話十個字，三個字（尤其是名詞、形容詞、動詞）比較進階，其他七個字可以寫初階單字。

秒殺英文法

☛ 名詞、形容詞、動詞進階化，其他隨便寫

實例講解

1. **颱風夾帶著強風豪雨侵襲本島**。
   - 初階單字：The hurricane **hit** the island by carrying **strong winds** and **heavy rain**.
   - 進階單字：The hurricane **pummeled** the island by carrying **fierce gales** and **torrential downpours**.

說文解字

pummel	[ˋpʌm!]	（v.）	重創
gale	[gel]	（n.）	強風
torrential downpours		（n.）	豪雨

2. **當然，除了你之外，沒有人有能力對於這困難的問題提出解決的辦法**。
   - 初階單字：**Of course**, nobody but you is able to **propose** such an **effective method** to this **difficult problem**.
   - 進階單字：**Admittedly**, nobody but you is able to **broach** such a **sure-fire strategy** to this **touchy**（thorny, intractable）**foul-up**.

說文解字

broach	[brotʃ]	(v.)	提出
sure-fire	[`ʃʊr,faɪr]	(adj.)	確實有效的
strategy	[`strætədʒɪ]	(n.)	策略
touchy = thorny, intractable		(adj.)	棘手的
foul-up	[`faʊl,ʌp]	(n.)	問題

3. 有一種共同看法：政治風暴即將來臨。
- 初階單字：There is a **common view** that a political **storm** is **upcoming**.
- 進階單字：There is a **widely-held perception** that a political **tsunami** is **imminent**.

說文解字

widely-held perception			普遍所持有的看法
tsunami	[tsʊ`nɑmɪ]	(n.)	海嘯
imminent	[`ɪmənənt]	(adj.)	即將來臨的

4. 在全球化時代，全球金融危機已對全世界造成巨大的傷害。
- 初階單字：**In the age of globalization**, the global financial **crisis** has **caused great damage** to the world.
- 進階單字：Through the **lens** of globalization, the global financial **meltdown** has **wreaked unprecedented** economic **havoc** to the whole **globe**.

說文解字

lens	[lɛnz]	(n.)	觀點
meltdown	[`mɛlt,daʊn]	(n.)	瓦解、崩潰
wreak	[rik]	(v.)	造成
unprecedented	[ʌn`prɛsə,dɛntɪd]	(adj.)	前所未有的
havoc	[`hævək]	(n.)	浩劫

5. 良好的分析能力是研發的基礎。
- ●初階單字：A **good** analytic ability is the **basis** of research and development.
- ●進階單字：A **remarkable** analytic ability **functions as** the **cornerstone** of research and development.

remarkable	[rɪ`mɑrkəbl̩]	（adj.）	傑出的
function as		（v.）	擔任；扮演
cornerstone	[`kɔrnɚ͵ston]	（n.）	基石

6. 政府應該採取有效的方法解決交通阻塞。
- ●初階單字：The **government** is supposed to take **effective ways** to **solve** traffic **jams**.
- ●進階單字：The **authorities concerned** are supposed to **adopt efficacious measures** to **straighten out** traffic **congestions**.

the authorities concerned		（n.）	有關當局
adopt	[ə`dɑpt]	（v.）	採用
efficacious	[͵ɛfə`keʃəs]	（adj.）	有效的
measure	[`mɛʒɚ]	（n.）	措施
straighten out		（v.）	整頓；使好轉
congestion	[kən'dʒɛstʃən]	（n.）	擁擠

7. 委員會正在討論如何解決此困難。
- ●初階單字：The committee is **discussing** how to **solve** the **difficulty**.
- ●進階單字：The committee is **exploring** how to **break through** the **bottleneck**.

explore	[ɪk`splor]	（v.）	探討、討論
break through		（v.）	突破

黃明堅
什麼都有可能

國際巨星
林青霞
全新專欄

御我
認真回答的廢話

橘子
專欄‧訪問‧小說

皇冠
CROWN
723期
2014/05

CROWN

慶祝 皇冠 60 週年，買書即可參加 贈 點 集 和 60 萬 元 大 抽 獎！

PAPER

2014.05
May
皇冠文化集團
www.crown.com.tw

活動詳情請參見
60週年活動官網

妳想要的，只是我的後悔嗎？

橘子

並不是每一段愛情，都是由相愛開始。

橘子：欠在《我想要的，只是一個擁抱而已》裡的，我就還在這裡了。

抬頭，我看著他的臉，這個我愛了好久的男人，這個我愛了太久的男人，我看過他驕傲，也看過他軟弱，而此時我看著他，卻突然覺得，我再也看不懂他了。我彷彿看見未來一分為二：一個點頭、一個搖頭，兩個全然不同的未來，有一半的我是起身離開，然後我們就此陌路，繼續陌路；而另一半的我們重新走回那場被突然中斷的愛情裡，他不再是當初那個破碎的他，他重新堅強了起來，他是至完整了出來，那我呢？我憑什麼我必須為了他勇敢的人。

bottleneck　　　　[`bɑt!ˌnɛk]　　（n.）　　瓶頸

8. 他的貸款是他信用破產的起因。
- ●初階單字：His **loan** is the **cause** of his **broken credit.**
- ●進階單字：His **subprime mortgage** is the **fountainhead** of his **credit crunch**.

說文解字

subprime mortgage	（n.）	次級房貸
fountainhead　[`faʊntɪnˌhɛd]	（n.）	起因
credit crunch	（n.）	信用緊縮

9. 此機構最近一直努力遊說立法委員支持這項法案。
- ●初階單字：The institution **has done its best to lobby** the legislators to **support** the bill in recent times.
- ●進階單字：The institution **has been devoted to lobbing** the legislators to **endorse** the bill in recent times.

說文解字

be devoted to + N / Ving		致力於
endorse　[ɪn`dɔrs]	（v.）	背書支持

10. 股票市場的大跌，隨著政治不穩定而來。
- ●初階單字：The **sharp drop** of the stock market **usually comes** from the political **disorder**.
- ●進階單字：The **drastic downtick** of the stock market **typically ensues** from the political **instability**.

說文解字

drastic　[`dræstɪk]	（adj.）	劇烈的
downtick　['daʊntɪk]	（n.）	下滑
typically　[`tɪpɪkəlɪ]	（adv.）	通常
ensue　[ɛn`su]	（v.）	隨著～而來
instability　[ˌɪnstə`bɪlətɪ]	（n.）	不穩定

　　可以想像一下，當外國學生到我們這裡來學習中文時，如果他們會適度地使用中文成語或慣用語（idioms），我們一定會覺得他們很能融入中華文化，因而倍感親切。同理可證，我們在英文寫作時，若是可以適度地使用慣用語，也可以讓 native speakers 覺得我們有融入當地的文化。

　　在英文寫作時，尤其是考試，善用慣用語可以成為加分的利器。

秒殺英文法

☞ 善用 idioms 融入英語文化

實例講解

1.as dead as mutton ＝過時

Pager（Beeper） was **as dead as mutton** by dint of the invention of cell phones（mobile phones）.

由於手機的發明，使得呼叫器成為過時不再使用的產品。

說文解字

pager（beeper）	[ˋpedʒɚ]	（n.）	呼叫器
by dint of			因為；由於

2.a pain in the neck ＝眼中釘、煩人

The debts from other branches have emerged as **a pain in the neck** of the transnational corporation.

分公司的債務已經成為這家跨國大企業的痛。

3.There is more to something（someone） than
 meets the eye. ＝看似簡單，事實卻複雜
 This solution to the national health insurance
 seems efficacious and viable. **There is more to
 something than meets the eye.** The practice of
 the plan is considerably arduous.
 對於全民健保的解決辦法，看來有效，並且行得通。然
 而，看似簡單，事實卻複雜。計畫的落實是相當困難的。
 NOTE
 ●可以用來當轉承語＝ However

說文解字

efficacious	[ˌɛfə`keʃəs]	（adj.）	有效的
viable	[`vaɪəbl̩]	（adj.）	行得通的
arduous	[`ardʒʊəs]	（adj.）	費勁的；困難的

4.turns out a white elephant ＝徒勞無功的
 Her application for the traditionally elitist and
 discriminatory university **turns out a white
 elephant.**
 她申請就讀此間傳統菁英大學無功而返。

5.know the score ＝了解現況
 We have to **know the score** now, and what will
 happen if the global financial tsunami deteriorates?
 我們必須了解現況，若是全球金融海嘯惡化時，將會發
 生什麼事？

說文解字

| deteriorate | [dɪ`tɪrɪə,ret] | （v.） | 惡化 |

6. scrape the bottom of the barrel（scrape the
 barrel） ＝沒辦法中的辦法；湊合著用
 Euthanasia serves as a measure to **scrape**

the bottom of the barrel especially when the incorrigible patients' medical expenditures are cumulatively eroding our social welfare system.

安樂死是一種沒辦法中的辦法，特別是當罹患不治之症病患的醫療費用正在侵蝕我們的社會福利系統。

說文解字

euthanasia	[ˌjuθəˈneʒɪə]	(n.)	安樂死
incorrigible	[ɪnˈkɔrɪdʒəbḷ]	(adj.)	不治之症的、無可救藥的
expenditure	[ɪkˈspɛndɪtʃə]	(n.)	費用
cumulatively	[ˈkjumjəˌletɪvlɪ]	(adv.)	逐漸地
erode	[ɪˈrod]	(v.)	侵蝕

7. pick up the baton ＝接棒、接掌責任

We have to **pick up the baton** of passing down our traditional cultures to our future generations.

我們必須接棒傳承我們的傳統文化給年輕世代。

8. roll with the punches ＝兵來將擋、力圖振作

The opposition party is, after a dramatic defeat, **rolling with the punches** and mounts a bid to stage a comeback.

反對黨在巨大的挫敗後正在力圖振作，企圖東山再起。

說文解字

dramatic defeat	(n.)	巨大的挫敗
mount a bid	(v.)	企圖
stage a comeback		上演東山再起

9. gain the upper hand ＝佔上風

We have to make conscious efforts to **gain the upper hand** in the face of any problem.

我們在面對任何問題時一定要盡全力搶得先機佔上風。

10.S + right hand and left hand do not work in tandem =無法有效運作、溝通、協調

The government's **right hand and left hand do not work in tandem.**

政府的各部門無法有效運作、溝通、協調。

04 套用外來語

　　我們日常生活中使用的台語，有些是外來語，甚至是從英文和日語轉借而來。例如番茄的台語是從英文的 tomato [tə'meto] 變成日語 ['tamato]，再轉借成台語；卡車的台語是從英文的 truck [trʌk] 演變成日語 ['toraku]，再轉借成台語。使用這些日常使用的外來語不僅不會加深疏離感，反而倍感親切，讓當地人覺得你能夠融入當地的生活與文化。英語也是如此，不像其他書一樣，每次講到英語也是一種 lingua franca（混種語言）時就把歷史的演變從頭講到尾，好像要把每個英語的學習者變成比 native speakers 更懂自己語言的語言歷史學家！簡單來說，英語是由盎格魯撒克遜語、拉丁文（尤其是法文）、德文所組而成的 lingua franca，我們現在時常接觸到的字首和字根，絕大部分都來自拉丁文；換句話來說，英文中高階以上的單字幾乎來自拉丁文。

　　在英語報章雜誌，我們不難發現法語、德語的「外來語」，而這些字也已經成為英語中的一部分，在一般英文字典中皆可以查到。在英文寫作中適度加上一些「外來語」，除了可以加深文章本身的強度之外，也可以彰顯出你有一定程度的融入英語文化中。

秒殺英文法

☛ 套用外來語加強深度

實例講解

1.pro rata [pro ˋretə]（**adj.**）（**adv.**）按比例

All part-time workers are supposed to be paid the same and do the same job, **pro rata**, as full-time

employees.
所有兼職者應當像全職人員一樣，按照比例，同工同酬。

2.pro forma [pro ˈfɔrmə]（**adj.**）（**adv.**）形式上
The invoice should be presented in paper or electronic format **pro forma**.
發票在形式上應採用紙本或電子文本格式。

3.cuisine [kwɪˈzin]（**n.**）美食
There are some traditional **cuisines** in the night markets.
夜市裡有很多傳統美食。

4.memoir [ˈmɛmwɑr]（**n.**）備忘錄、名人回憶錄
The well-known entrepreneur has just published his **memoirs**.
這位知名的企業家剛剛出版了他的回憶錄。

5.résumé [ˌrɛzjʊˈme]（**n.**）履歷
According to your **résumé**, we believe that you can be qualified for this job.
根據你的履歷，我們相信你可以勝任此項工作。

6.cliché [kliˈʃe]（**n.**）陳腔濫調
There are some **clichés** on this article.
這篇文章有些陳腔濫調的詞語。

7.de facto [dɪ ˈfækto]（**adj.**）（**adv.**）事實上
De facto, the boy attending the university is only twelve years old.
事實上這個上大學的男孩只有十二歲。

8.détente [deˈtɑ̃t]（**n.**）（國際間）緊張關係的緩和，緩和政策

Détente between the two countries is taking shape.
這兩個國家之間緊張關係的緩和正在成形當中。

9.grippe [grɪp]（**n.**）流行性感冒
H7N9 is a type of **grippe**.
H7N9 是一種流行性感冒。

10.beaucoup ['boʊku]（**adj.**）非常多的
You can grab **beaucoup** messages on the cyberspace.
你可以在網路上抓取很多的訊息。

11.en route [ˌɑn `rut]（**adv.**）在途中
We stopped to take a rest **en route**.
我們在途中休息。

12.entrepreneur [ˌɑntrəprə`nɝ]（**n.**）企業家
The **entrepreneur** started from scratch.
這位企業家白手起家。

13.forte [fɔrte]（**n.**）強項、特長
Math is never my **forte**.
數學一向都不是我的強項。

14.à la mode [ˌɑ lə `mod]（**adj.**）最流行的
Psy's Gangnam Style（horse-riding dance）is **à la mode.**
江南大叔的 Gangnam Style（騎馬舞）是最流行的。

15.deluxe [dɪ`lʌks]（**adj.**）豪華的
The entrepreneur likes to collect **deluxe** cars.
這名企業家喜歡收集豪華汽車。

16.denouement [ˌdenu`mã]（**n.**）結局
In a surprising **denouement**, he was assassinated by his wife.

結局出人意外，他被他的太太暗殺了。

17.esprit de corps [ɛˋspri də ˋkɔr] （n.）團隊精神
Playing games can enhance participants' **esprit de corps**.
玩遊戲可以強化參與者的團隊精神。

18.exposé [ˌɛkspəˋze] （v.） （n.）展示、說明；爆料
It comes hard for me to support **exposé** culture.
我很難去支持爆料文化。

19.faux pas [ˋfo ˋpa] （n.）錯誤；失禮（言）
Her forward words were typically referred to as **faux pas** by conservatives.
她大膽、激進的言語通常讓保守人士認為是她失禮的表現。

20.par avion [paræˋvjɔn] （adj.） （adv.）航空郵遞的
I sent the postcard to London **par avion**.
我以航空郵遞的方式寄送這張明信片。

21.par excellence [par ˋɛksəˌlans] （adj.） （adv.）
出類拔萃的（置於名詞後）
He is a CEO **par excellence.**
他是一個出類拔萃的執行長。

22.passé [pæˋse] （adj.）過時的
With the development of cutting-edge technology, some products have become **passé**.
隨著尖端科技的發展，一些產品已過時了。

23.savoir faire [ˋsævwarˋfɛr] （n.）才幹；手腕
The manager was renowned throughout the business circles for his **savoir faire**.

經理在商業圈以他的才幹而聞名。

24. **vis-à-vis** [ˌviz ə ˋvi]（n.）（adj.）（adv.）（prep.）面對面；相對於；對於
　① **Vis-à-vis** communication remains indispensable in the digital era.
　面對面的溝通在數位化時代仍是必須的。
　② This year's revenue shows an improvement **vis-à-vis** last year's.
　相對於去年，今年的收入有所增加。
　③ Since 1970s, people have become more sensitive **vis-à-vis** environmental conservation.
　自一九七○年代起，人們對於環保變得更加有感。

25. **laissez-faire = laisser-faire** [ˌlɛseˋfɛr]（adj.）放任主義的，自由放任的
　The policy of **laissez-faire** has come a long way in the developing countries.
　自由市場的政策在發展中的國家已有很大的進展。

26. **savoir-vivre** [ˌsævwɑrˋvivrə]（n.）文質彬彬；良好教養
　His **savoir-vivre** facilitates him to socialize in the high-class society.
　他的文質彬彬使他在上流社會如魚得水。

27. **Zeitgeist** [ˋzaɪtˌgaɪst]（n.）時代精神（德文）
　Smartphone resembles a **Zeitgeist** hurricane having ingurgitated every nook and cranny of the globe.
　智慧型手機就像時代精神的颶風一樣，已經席捲全世界各個角落。

28.Lebensraum [ˈlebənsˌraʊm] (n.) 生存空間 (德文)
The diplomatic manipulations from mainland China have compressed Taiwan's international **Lebensraum**.
中國大陸的外交運作已壓縮到台灣的國際生存空間。

29.Weltanschauung [ˈvɛltˌɑnˌʃaʊʊŋ] (n.)
= **world view** 世界觀 (德文)
The young can cultivate **Weltanschauung** by traveling abroad.
年輕人可以藉由去國外旅遊培養世界觀。

30.puissance [ˈpjuɪsns] (n.) 權力
Corruption stems from **puissance** all the time.
貪腐始終來自於權力。

31.métier [meˈtje] (n.) 職業、專長
The mechanic shows his **métier** in repairing the large-scale machines.
這位技術人員展現修理大型機器的專長。

32. ad hoc [ˈæd ˈhɑk] (adj.) (adv.) 特別的，臨時的
The company organized an **ad hoc** committee to examine the investment plan.
公司成立一個特別的委員會去檢驗這項投資計畫。

33.per annum [pɚˈænəm] (adv.) 每年
The company's revenue can increase at least 5% **per annum**.
這家公司的每年歲收至少增加五％。

34.per se [ˌpɚˈse] (adv.) 本身
The medicine is not detrimental **per se**, while it is perilous when taken with alcohol.

該藥物本身並無害處，但與酒一起服用時則有危險。

35. quid pro quo [ˋkwɪd pro ˋkwo]（n.）抵償（代用）品；相等

Two department store gift vouchers are a **quid pro quo** for lending us your car.
兩張百貨公司的禮券作為你借我們車的酬謝。

36. status quo [ˌstætəs ˋkwo]（n.）現狀

Global warming has contributed to drastic climate changes. There could be no return to the original **status quo**.
全球暖化已造成氣候劇烈的改變，要恢復到原來的狀態是不可能了。

37. debut [dɪˋbju]（n.）初登場

The professional baseball player will make his **debut** for the team this week.
本週是這名職棒選手在這隊伍中的首次亮相。

38. concierge [ˌkɑnsɪˋɛrʒ] 旅館服務台職員

The transnational hotel is recruiting **concierges**.
這家跨國飯店正在招募旅館服務台職員。

39. déjà vu [ˌdeʒɑ ˋvu] 似曾相識的感覺

I was having that feeling like **déjà vu** for you.
我對你有一種似曾相識的感覺。

40. nouveau riche [nuvo ˋriʃ]（n.）暴發戶

The **nouveau riches** often make a vulgar display of their wealth.
暴發戶總是俗不可耐地炫耀其財富。

05 押韻法

　　適當的押韻，可讓你的文章，晉升為 A 咖等級。英文的押韻可分為押頭韻與押尾韻；英國文學史上，第一部的文學作品《貝武夫》（*Beowulf*），出現很多的押頭韻（*alliteration*）的詩句。押尾韻一直到十六世紀時，才逐漸受到青睞，莎士比亞的十四行詩，即是押尾韻的代表。到了十八世紀末時，押頭韻又再度流行，一直延續到現在，世界名著《傲慢與偏見》（*Pride and Prejudice*）、《理性與感性》（*Sense and Sensibility*）即是押頭韻的代表。

秒殺英文法

☛ 押頭韻為主，押尾韻為輔

實例講解

1. Self-confidence serves as the stepping stone for success.
   自信心是成功的墊腳石。

2. Parents play a paramount part in family education.
   父母親在家庭教育方面扮演最重要的角色。

3. Passion, practice, perspirations, patience, perseverance, and prudence pave the path for a promising prospect.
   熱情、練習、努力（汗水）、耐心、毅力、謹慎小心，此六項要素可為美好願景鋪路。

4. The stocker broker makes a great fortune by wheeling and dealing on the stock market.
   這名股票經紀人靠著在股票市場投機取巧，賺了很多錢。

5. The athlete converted stumbling stones into stepping stones.
   這名運動員化絆腳石為墊腳石。

6. Her husband came home safe and sound after a trek.
   她的丈夫在經過長途跋涉後平安歸來。

7. Democracy furnishes a fertilizer for financial flourishing.
   民主提供金融茁壯的養分。

8. She was tossing and turning for the crisis of her click business last night.
   她昨晚為了她的網路事業的危機輾轉難眠。

9. Movers and shakers are so sensitive about their surroundings.
   大人物對於他們的周遭環境甚為敏感。

10. The lifestyle of hustle and bustle almost stifles him.
    繁忙的生活型態幾乎使得他快窒息了。

Lesson 6

Gentleman的英文說話藝術

委婉說詞

　　講話、寫作時除了套用「慣用語」、「外來語」可以增加文章的深度與文化融合度，也要將一些日常生活中不假思索脫口而出比較粗俗的語言，以委婉的方式說出，此種用法稱作「委婉說詞」（euphemism）。

　　Euphemism 源自希臘語，eu（good）＋ phem（speech）＋ ism（n.）＝好的說詞，在一些正式場合中儘量以禮貌性為主，一些販夫走卒、市井小民的語言加以轉換，以委婉的方式說出，可以提升「說話的藝術」。

秒殺英文法

☞ 套用外來語增加深度

實例講解

1. 性行為：
●一般說詞：
　have sex with ～
　have an intersexual course with ～（性交）
●委婉說詞：**make love**（做愛），**sleep with**（與人睡覺）

2. 誤殺自己的戰友：
●委婉說詞：**friendly fire（友善的開火）**

3. 殺了無辜的百姓：
●委婉說詞：**collateral damage（附帶傷害）**

4. 開除：

　一般說詞： fire

　委婉說詞：**let someone go（讓某人離開）**

5. 大號：

　一般說詞：defecating

　委婉說詞：

　① BM（bowel movement 腸子蠕動）

　② go poo-poo（小孩子用語）

6. 小號：

　一般說詞：urinate

　委婉說詞：

　① natural call（內急）

　② release myself（小解）

　③ pass water（小解）

　④ sis（piss）

　⑤ go pee-pee（小孩子用語）

　⑥ wash one's hands（洗手，暗指小解）

　⑦ shake the dew off the lily（抖落百合花上的露珠，
　　暗指男性的小號）

7. 死亡：

　一般說詞：death

　委婉說詞：

　① pass away（去世）

　② rest in peace（安息）

　③ go to Heaven（上天堂）

　④ breathe one's last（呼最後一口氣，暗指斷氣）

⑤ be in Abraham's bosom（《聖經》亞伯拉罕之懷，無罪孽者死後的安息之所，天國，天堂，極樂世界《路加福音》16：22）

⑥ depart（去世）

⑦ expire（期滿，暗指斷氣、死亡）

⑧ perish（凋謝、枯萎，暗指死亡）

⑨ go to meet one's Maker（去見造物主了）

⑩ bite the dust（吃灰塵，暗指倒地而死）

⑪ fell off the perch（從樹上掉下，暗指死亡）

⑫ give up the ghost（放棄靈魂，暗指死亡，ghost 在此表示「靈魂」之意）

⑬ be asleep in the arms of God（安睡在上帝的懷抱中）

⑭ go the way of all flesh（走眾生之路）

⑮ join one's ancestors（加入到祖先行列）

⑯ return to dust（歸塵之土）

⑰ run one's race（跑完自己的賽程）

⑱ be no longer with us（與我們永別）

8. 坐牢：

● 一般說詞：in jail（prison）

● 委婉說詞：

① a guest of the government（給政府養）

② in correctional facility（懲戒中心）

9. 二手的：

● 一般說詞：used

● 委婉說詞：pre-owned（先前有人擁有過）

10. 垃圾場：
一般說詞：garbage dump
委婉說詞：
① sanitary landfill（衛生掩埋場）
② a Civic Amenity（〔英式英文〕便民設施）

11. 不好：
一般說詞：very poor（bad）
委婉說詞：ill-advised（不明智的）

12. 癌症：
一般說詞：cancer
委婉說詞：
① the big C（Cancer 巨蟹座，暗指癌症）
② neoplasia（瘤）
③ neoplastic process（瘤形成的過程）

13. 門房：
● 一般說詞：doorman（janitor）
委婉說詞：custodian or caretaker（守護者）

14. 戰爭：
一般說詞：war
● 委婉說詞：
① force（武力）
② police action（警察的行動，對破壞國際和平者的鎮壓行動）
③ conflict（衝突）

15. 老人：

● 一般說詞：old（elderly people）
● 委婉說詞：
  ① senior citizens（年長的公民）
  ② the longer lived（長壽者）
  ③ mature golden age（成熟的黃金年代）
  ④ evergreen clubs（長青俱樂部會員）
  ⑤ well-preserved people（保養好的人）
  ⑥ the gray-haired (graying) population（銀髮族）

16. 血：

● 一般說詞：blood
● 委婉說詞：heme（血紅素）

17. 笨的：

● 一般說詞：stupid
● 委婉說詞：
  ① unwise
  ② not the brightest bulb（不是最明亮的燈泡，暗指頭腦遲鈍的）
  ③ "Your roof leaks a little."（你的屋頂漏水，暗指腦袋不靈光）
  ④ "Chimney is clogged."（煙囪阻塞了，暗指不聰明）

18. 殘障的：

● 一般說詞：handicapped / disabled
● 委婉說詞：
  ① differently-abled（不一樣的能力）
  ② the physically-challenged（行動不便的）

19. 胖的：
●一般說詞：fat
●委婉說詞：
　① heavy
　② weighty
　③ chubby（豐滿的）
　④ tubby（桶狀的，暗指矮胖的身材）
　⑤ well-built（結實的，用於男性）
　⑥ stout（結實的）
　⑦ plump （豐滿的）
　⑧ well-rounded（豐滿的）
　⑨ vertically challenged（挑戰垂直線）
　⑩ beer-bellied（啤酒肚的）
　⑪ a spare tire around one's waist（腰上掛著一圈輪胎）
　⑫ bulging waistline（腫脹的腰線）
　⑬ central obesity（中廣身材）

20. 不禮貌的：
●一般說詞：rude, impolite
●委婉說詞：not so agreeable（不是那麼令人愉快的）

21. 老練的：
●一般說詞：old
●委婉說詞：
　① experienced（有經驗的）
　② senior（資深的）
　③ fully-fledged（翅膀長硬了，暗指有經驗的）

22. 懶惰的：

● 一般說詞：lazy / indolent
● 委婉說詞：relaxed（鬆懈的）

23. 失業的：

● 一般說詞：
　① unemployed
　② out of work（job）
　③ jobless
● 委婉說詞：in transition（在過渡時期）

24. 該死的：

● 一般說詞：damn
● 委婉說詞：
　① dee
　② d--（damn）
　③ son of a –（son of a bitch, 狗娘養的）

25. 廁所：

● 一般說詞：toilet
● 委婉說詞：
　① restroom（洗手間）
　② bathroom （浴室）
　③ gents（gentlemen's room 男廁所）
　④ the ladies（the ladies' room 女廁）
　⑤ lav（lavatory 盥洗室）
　⑥ the loo（英式英文 lavatory 簡稱）

26. 內衣：

● 一般說詞：underwear

委婉說詞：lingerie（法文的內衣）

27. 桃色事件：
一般說詞：extramarital affair
委婉說詞：affair

28. 乳房：
一般說詞：breast
委婉說詞：
① chest
② bust（胸部）

29. 惡臭的：
一般說詞：stinky
委婉說詞：smelly（發出難聞氣味的）

30. 下跌：
一般說詞：drop
委婉說詞：adjustment downward（向下調整）

31. 窮的：
一般說詞：poor
委婉說詞：
① financially challenged（財務上受到挑戰的）
② the underprivileged（無特權的人士，暗指弱勢族群
與貧窮人家）

32. 矮：
一般說詞：short, dwarf（侏儒）
委婉說詞：horizontally challenged（挑戰水平線）

33. 退休的人：

一般說詞：retired people

委婉說詞：pensioners（領退休金的人）

34. 加稅：

●一般說詞：increase tax

委婉說詞：revenue enhancement（強化國家稅收）

35. 貧窮的國家：

一般說詞：poor nations

委婉說詞：

① backward / underdeveloped / developing（落後的／未開發的／開發中的）nations

② emerging nations（新興國家）

36. 轟炸：

一般說詞：bombard

委婉說詞：

① logistical strikes（後勤攻擊）

② close air support（空中密集支援）

37. 人民的傷亡：

委婉說詞：

① civilian casualties（附帶損害）

② a rescue mission（搶救行動）

③ surgical missions（外科手術）

38. 鬼鬼祟祟的偷襲：

一般說詞：surprise attack

委婉說詞：preemptive strikes（先發制人）

39. 盲人：

一般說詞：the blind

委婉說詞：the visually-challenged （視力不便的人）

40. 頭腦遲緩的：

一般說詞：retarded

委婉說詞：the mentally-challenged（心智方面受到挑戰的）

41. 侵犯他人領土：

一般說詞：invade（intrude）

委婉說詞：liberating the people（解放人民）

42. 侵略軍團：

一般說詞：the invasion army

委婉說詞：the peace-keeping force（維和部隊）

43. 地獄：

一般說詞：hell

委婉說詞：

① heck（見鬼了）

② Sam Hill

44. 第二次世界大戰：

一般說詞：World War II

委婉說詞：battle fatigue（戰爭疲勞）

45. 男同性戀：

一般說詞：male homosexuality

委婉說詞：confirmed bachelor （肯定是單身漢）

46. 罰款：
一般說詞：fine
委婉說詞：fee（費用）

47. 酷刑：
一般說詞：torture
委婉說詞：persuasion（說服）

48. 賭博：
一般說詞：gambling
委婉說詞：gaming（博弈）

49. 出院：
一般說詞：come out of the hospital
委婉說詞：be discharged（被釋放）

50. 放屁：
一般說詞：fart
委婉說詞：
① breaking wind
② passing gas
③ flatulence（腸胃脹氣）

51. 瘦的：
一般說詞：
① thin
② paper thin（如紙一般薄的）
③ skinny（皮包骨的）
委婉說詞：
① slender（苗條的）

② slim（苗條的）
③ pear-shaped（像梨形狀般的）

52. 醜的：

一般說詞：ugly
委婉說詞：
① plain（樸素的）
② ordinary（普通的）
③ homely （居家的）

53. 養老院：

一般說詞：nursing home
委婉說詞：
① rest home（休養院）
② private hospital（私立醫院）
③ home for adult（成人之家）

54. 妓女：

一般說詞：
① harlot
② whore
③ hooker
委婉說詞：prostitute

55. 經濟不景氣：

一般說詞：economic recession（downturn, gloom, malaise）
委婉說詞：a period of economic adjustment（經濟調整期）

56. 發瘋：
● 一般說詞：mad
　 委婉說詞：insane（神智不清）

57. 疾病：
　 一般說詞：disease
　 委婉說詞：discomfort（不舒服）

58. 服務生：
　 一般說詞：waiter（waitress）
● 委婉說詞：dining room attendants（餐廳侍者）

59. 家庭主婦：
　 一般說詞：housewife
　 委婉說詞：domestic engineer（室內工程師）

60.（工作場合）唯唯諾諾或沒有主見的人：
　 一般說詞：indecisive
　 委婉說詞：Yes man（好好先生）

61. 我幫不上忙：
　 一般說詞：I'm sorry I can't help you.
● 委婉說詞：Sorry but that isn't my strong suit.
　　　　　　（不好意思，那個不是我的強項。）

62. 我沒時間：
● 一般說詞：No time left.
　 委婉說詞：I'm in the middle of something.
　　　　　　（我正好有事要做。）

Lesson 7

英文自傳
超in攻略

儘量避免文章以 I 開頭

Non-native speakers 在寫英文自傳時常常會在不知不覺的情況下，每句幾乎是以 I 開頭。

我們寫中文自傳時通常不會每句以「我」為開頭，那為何寫英文自傳時會落入 I 的漩渦之中？道理很簡單，non-native speakers 的寫作習慣一向以「人」為主詞，寫自傳時又是以「第一人稱」為主，因此就會不自覺地幾乎每句以 I 為主詞。

很多人在英文寫作時發現到這個問題，卻不知從何下手，本章提供大家一個簡單的口訣便可以輕鬆的迎刃而解。

秒殺英文法

☛ 以「事物」取代「人」為主詞

說文解字

| cliché | [kliˋʃe] | （n.） | 陳腔濫調 |
| classé | [klɑˋse] | （adj.） | 有品味的 |

實例講解

1. Cliché：I come from a sweet family.
   我來自一個甜蜜的家庭。

   Classé：A warm and harmonious family provides me with a fecund ground where I grow up.
   溫暖與和諧的家庭提供我優渥的成長環境。

2. Cliché：I majored in bio-chemistry in the university.
   我大學讀生化科技系。

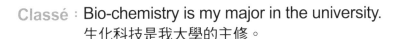

Classé：Bio-chemistry is my major in the university.
生化科技是我大學的主修。

3.Cliché：I am very interested in architecture.
我對於建築相當有興趣。
Classé：My extraordinary interest in archaic and modern buildings plays a pivotal part in selecting architecture as my major.
對於古今建築的極大興趣扮演著我讀建築系的最核心關鍵。

4.Cliché：I am good at program design.
我精通程式設計。
Classé：Proficiency in program design marks my competitiveness.
我的競爭力在於精通程式設計。

5.Cliché：I have participated in several conferences and forums.
我已經參加過幾次的研討會與座談會。
Classé：My participation in a couple of conferences and forums, irrefutably, adds the state-of-the-art know-how to my present study.
當然，參加過幾次研討會與座談會對於我目前的研究添加了最新的專業知識。

6.Cliché：I have been devoted to the research and development of GMF（Genetic Modified Food）for several years.
我這幾年來一直致力於基因改造食品的研發。
Classé：My lasting devotion to the research and development of GMF enables me to overhaul the evolution of the emerging sector.

長久以來致力於基因改造食品的研發，使我能
夠跟得上這項新興行業的進步、演變。

7.Cliché：I have been awarded by several prizes and
scholarships.
我得到好幾次獎與獎學金。

　Classé：The feedback from several prizes and
scholarships is given to my exceptional
academic performance.
得到好幾次獎與獎學金是對於我傑出學業表現
的肯定。

8.Cliché：I will research and develop artificial
intelligence in the future.
我未來將從事人工智慧的研發。

　Classé：Artificial intelligence is my latest frontier
in the subsequent years.
人工智慧是我往後幾年研究領域的重心。

Lesson
8

告別
陳腔濫調的
商業英語

縱橫商場就要快、狠、準！

　　以前資訊不發達的年代，只要有商業英文書上如此寫，很快地，大家也就口徑一致，如此寫、如此說。倘若此種說法只是片面之詞或者是錯誤的資訊，往往以訛傳訛。過去，由於資訊不健全，很多商業英文用書皆是換湯不換藥，內容大同小異，了無新意！更糟的是，有時詞不達意，很容易讓對方誤解想要表達的真正含意，進而喪失與對方合作的機會。

　　本章特別針對國人常用的一些陳腔濫調、詞不達意、遭到誤用的商業英語，提出討論，並且提供目前常用、正確的商業英語，避免那些早已落伍、掉漆的詞彙與用法。

實例講解

1. 我個人認為～

Cliché：I personally think ～

Classé：<u>From my perspective</u>, I set forth a compromise proposal.

從我的觀點而言，我提出折衷的建議。

NOTE

●很明顯 "I personally think ～" 是中式英文。西方人自我意識強，所以 "I" 不管在句中何處出現，皆是大寫，因此 "I" 的語氣已經很強烈，況且「我認為」當然是個人的看法，無須再使用 personally，多此一舉。

2. 我們認為～

Cliché：We think we can offer you a reasonable price.

我們認為可以為您提供一個合理的價錢。

Classé：<u>Could you tell us</u> what is a reasonable price on your mind?

您是否能告知我們，您心中合理的價格？

NOTE

●動不動就說 "we think"、"we suggest" 會讓對方覺得自我意識太強，咄咄逼人，好像對方一定得接受你的想法。不要使用太過自我中心的字眼，改用以「你」為主的字眼，搭配 "What do you think ～" 或者是 "Could you tell us ～" 可以顯示出你處處為對方著想。

3. 無法接受

Cliché：We are inclined to refuse you quote.

我們傾向拒絕您的報價。

Classé：Each of us should <u>compromise</u> at the price for our future cooperation.

我們雙方為了未來的合作，在價格上各讓一步。

NOTE

●在商場上如何拒絕對方的要求，考驗著應對者的說話藝術，可以以退為進，達到雙贏策略。不妨多多使用 compromise（妥協）取代 refuse（拒絕）等字眼。

4. 結尾語

Cliché：Regards / Sincerely

Classé：① <u>Looking forward to</u> your reply.

期待您的回音。

② <u>Let me know if you</u> have any question.

若有問題，煩請讓我知道。

③ <u>Thanks for letting me know</u> when you are available.

倘若有空，煩請讓我知道您何時有空。

④ <u>Please contact me if you</u> have any question.

倘若有任何問題，煩請與我聯繫。

<u>NOTE</u>

● Regards / Sincerely 是最常見，也是最俗氣的結尾語，無法讓對方感受到你的誠意。可以改用 "Looking forward to 〜 "、"Let me know if you 〜 "、"Thank you for letting me know 〜 "、"Please contact me if you 〜 " 等句型，跳脫窠臼式的用語，使對方感受到你的熱忱。

5. 避免每句以第一人稱 I / We 開頭

①我們不可否認，原物料一直上漲／不可否認的是，原物料一直上漲

Cliché：<u>We can't deny</u> that the cost of the raw material is rising through the roof.

Classé：<u>Irrefutably</u>（Undoubtedly, Unquestionably）, the cost of the raw material is rising through the roof.

②我們不能忽視經濟不景氣的影響／幾乎無人可以否認經濟不景氣的影響

Cliché：<u>We can't neglect</u> the impacts of economic malaise.

Classé：<u>Few people disagree</u> the impacts of economic malaise.

226

③我們一直致力於提升產品的品質／提升產品的品質是我們最注重的事

    Cliché：<u>We remain committed to promoting</u> the quality of our products.

    Classé：Promoting the quality of our products <u>is on the top of our list</u>.

④我記不起您公司的電話號碼／我一時想不起您公司的電話號碼

    Cliché：<u>I can't remember</u> the phone number of your company.

    Classé：The phone number of your company <u>slips through my mind for the time being</u>.

⑤我們需要一些時間好好考慮您的提議／給我們一點時間，好讓我們考慮您的提議

    Cliché：<u>We need</u> some time to take your proposal into account.

    Classé：<u>Some time</u> should be given to us for taking your proposal into account.

NOTE

●每句皆以 I／We 開頭，除了讓人覺得單調乏味之外，更會使得對方覺得你太過於本位主義了！Non-native speakers 往往會不知不覺地習慣以第一人稱開頭，究其原因，主要是英文單字薄弱，不知可以用人以外的名詞當主詞，於是草草了事，整篇商業書信從頭 I／We 到尾。不是說不能以第一人稱開頭，需考量前後文、情況、語氣等，而不是千篇一律，以 I／We 當主詞。

6. 強調親切自然，可以使用第一人稱取代第二、第三人稱

①你的問題會立即解決／我們會立即處理你的問題

呆板：<u>Your problem</u> will be immediately dealt with.

親切：<u>We</u> must deal with your problem immediately.

②你會盡快收到我們的最新目錄／我們會在十一月八日之前寄出我們最新的目錄

呆板：<u>You</u> will receive our latest catalogue as soon as possible.

親切：<u>We</u> will mail our latest catalogue to you by November 18.

NOTE
●處理客戶的需求時，不要每句皆以 you 當主詞，這樣會讓方覺得你不親切、不自然。可以適時改用 we 開頭，讓對方覺得你親切、有禮貌、很誠懇地想為他解決問題。

7. 用字清楚，不拖泥帶水

①我們會盡快與您聯絡／我們會在三月八日之前回電給您

模糊：We will <u>contact you as soon as possible.</u>

清楚：We will <u>call you back not later than May 8.</u>

NOTE
●" ～ contact ～ as soon as possible" 盡快聯繫，意思模糊，正確時間不明確，而第二句話則很清楚表達聯絡的方式與時間。

②豪雨對我們所運送的貨物造成損害／我們部分的貨物因豪雨而受到損害

模糊：The torrential downpours <u>did damage to our shipment</u>.

清楚：The torrential downpours <u>spoiled our partial shipment</u>.

● " ～ did some damage to our shipment" 損害程度不得知，但是 spoiled our partial shipment 很明確講出損害程度，可以依此做出正確的損害控管。

③我們將會以電子郵件寄送給您，我們的最新資訊／隨函附上的小冊子裡面介紹我們新產品與價格，還有折價券

模糊：We will e-mail you <u>our latest information</u>.

清楚：Enclosed are our brochure showing <u>our new products and the prices, and our coupons</u>.

● "our latest information" 並無清楚表達資訊內容的概況，第二句則清楚表達資訊內容的概況，並且還附上折價券，因此更容易擄獲消費者的目光。

④我們的新產品將會符合顧客的需求／我們的新產品是針對職業婦女的需求

模糊：Our new product will <u>meet the demand of customers.</u>

清楚：Our new product <u>aims at the demand of professional women.</u>

● 第一句並無交代顧客族群，而第二句則很清楚以職業婦女族群為主要的訴求。

⑤請你詳細閱讀說明書／我很榮幸為你解說如何操作我

們的裝置

模糊：<u>Please read the instruction carefully.</u>

清楚：<u>It's my pleasure to inform you how to operate our device.</u>

NOTE

●第一句話的語氣會讓顧客覺得自己處理與賣方無關，而第二句話則會使對方覺得顧客至上，賣方會協助顧客如何使用他們的產品。

⑥請把剩下的費用寄給我們／為了確保我們未來的合作，請務必在這禮拜三之前，將剩下餘款新台幣三十萬元匯入到我們所指定的銀行帳戶

模糊：Please <u>send the unpaid expense to us.</u>

清楚：<u>To ensure our future cooperation, please remit the unpaid expense--NT 300.000-- to our account of the designated bank by this Wednesday.</u>

NOTE

●第一句話並無交代費用與匯寄時間，而第二句則很清楚交代匯款的金額、時間與指定的銀行戶頭。

⑦或許我們的產品可以幫您提升銷售量／本公司的產品一定能幫助貴公司吸引中產階級的顧客族群

模糊：<u>Maybe</u> our products can help you <u>promote your sales.</u>

清楚：<u>We are sure</u> that our products can help you <u>draw the middle-class customers.</u>

NOTE

● maybe 不確定的語氣，會讓整句話顯得沒有公信

力,改用 "we are sure ～" 搭配清楚的顧客族群,
可以使對方較為明白產品的銷售趨勢與對象。

8. 顧客至上,禮貌為主

①我無法了解你所說的/我不太確定你是否表達想要加
入我們的會員

　失禮：I don't get your point.

　禮貌：I'm not sure if you would like to join our
　　　　membership.

NOTE

● "I don't get your point." 此句一出,很容易惹怒
對方,形成衝突,若是真的聽不懂對方的話,可
以改用 "I'm not sure if ～" 緩和現場尷尬的氣氛,
並且可以使對方心平氣和,更進一步詳細地說明。

②我講得很清楚,不是嗎?/請務必讓我知道,我是否
解釋得很清楚

　失禮：I am clear enough, aren't I?

　禮貌：Please let me know if I make myself clear.

NOTE

●第一句的語氣似乎在譴責對方,已經講得很清楚
了,為何還是不懂!第二句就客氣多了,可以讓
對方感受到你想要把事情解釋清楚的誠意。

③先謝謝你了/我們會感激您的幫忙

　失禮：Thank you in advance.

　禮貌：Your help would be greatly appreciated.

NOTE

● "Thank you in advance" 是老掉牙的用語,了無新意,
會讓對方聽起來自以為是,甚至暗示你一定得幫忙。

可以改用 "Your help would be greatly appreciated."，
雖然也是客套話，但是比較不會給對方壓迫感。

④請問薪水多少？／能否告知我這裡的薪資和附帶福利？

   失禮：What about the salary?

   禮貌：<u>Would you please tell me</u> about the
          remuneration and package benefits?

NOTE

●直接以 "What about ～" 來問，會讓主考官認為你
相當不客氣，改用 "Would you please ～" 可以緩
和語氣。

⑤這不是我負責的事／我不確定那是我的職責

   失禮：That's not my job.

   禮貌：<u>I'm not sure if</u> I should be responsible for that.

NOTE

●"That's not my job." 一出口就會得罪人，更糟的
是會讓人覺得你是在推卸責任，若真的不是你的
職責，"I'm not sure if ～" 可以讓對方再度確定
這個職責所在，以免產生不必要的職場衝突。

⑥我沒時間跟你講話／我可以稍後打電話給您嗎？

   失禮：I don't have time to talk to you.

   禮貌：<u>Can I call you back later?</u>

NOTE

●無論在什麼場合講 "I don't have time to talk to
you." 皆是非常不禮貌的話，可以改用第二句話告
知對方你現在正在忙，稍後回電。

⑦這樣行不通／我們會儘量試試看

失禮：It doesn't work.

禮貌：<u>We will give it a try.</u>

NOTE

● "It doesn't work" 是相當強烈的語氣，沒有轉圜空間，改用 "We will give it a try" 可以使對方覺得你會盡力試試看，即使失敗，你也盡力了！

⑧不再賣了（提供了）／我們會定期調整一些項目

失禮：That is not available any more.

禮貌：<u>We adjust some items regularly.</u>

NOTE

● " ～ not available anymore" 似乎意味著賣得不好，會使對方有所猜測，改用 "We adjust ～ " 如此委婉語詞可以使對方覺得以後可能還是買得到，進而推銷別的產品，替代原有缺貨的產品。

⑨簽約可以保障我們雙方的利益／我們向您保證貴公司一定能獲利，因為我們重視與你每一次合作的機會

失禮：Signing a contract will guarantee each other.

禮貌：<u>Some profits are obtainable</u> because we value any business opportunity with you.

NOTE

● 第一句話似乎有強迫對方簽約之意，第二句話則是不直接講簽約的事情，而是以讓對方獲利為重點，暗示簽約。

⑩這項計畫很難落實／我們會盡全力落實這項計畫，也會提供您進一步的資料

失禮：It is quite hard for the plan to come into effect.

禮貌：We will <u>do our best to put the plan into effect,</u>

LESSON 8 告別陳腔濫調的商業英語

233

and also <u>offer you further information</u>.

NOTE
●第二句話可以將這個難以實行的計畫，透過進一步的解釋讓對方打退堂鼓。若是一定要落實，也要讓對方知道此計畫為何難以實施，即使失敗也可以減輕自己的責任。

⑪ 下禮拜之前請務必回答我／煩請在下禮拜之前回答我，好嗎？
失禮：Please reply to me by next week.
禮貌：<u>Would you please</u> reply to me by next week?

NOTE
● please 置於句首時，語氣比較強，不同場合時，會讓對方覺得聽起來像命令一樣，此時以 "Would you please 〜 ?" 可以緩和語氣。

Lesson
9

撥亂反正的
英文單字、用語
糾錯法

杜絕張冠李戴的用法

　　英文學習者包括 native speakers 或者是 non-native speakers 不難發現英文中高階以上的單字，有很多相似度頗高的字，有的甚至念法一模一樣，只是其中一兩個字母不同而已。此外，有些意義相似字，以中文而言似乎沒有多大的差別，但是以英文的意義而言，差之毫釐，失之千里。這些字往往困擾著國人，我們從小到大不斷地接觸這些字，但似乎永遠都搞不太清楚它們之間的差別，經常用錯，或是一知半解。有些詞語是強調言外之意，無法從字面上得知它的意思，這些字也常常讓 non-native speakers 困惑，有讀沒有懂！本章特別針對上述的這三類單字、詞語，提出簡單的方法，讓你即刻秒殺！

實例講解

1.alternate　　［`ɔltə·nɪt］　　（adj.）　　輪流的
　alternative　［ɔl`tɚnətɪv］（adj.）　　其他的、另一種的

① **alternate = by turns =輪流**
We have had a week of **alternate** rain and sunshine.
天氣忽晴忽雨，已有一個星期。

② **alternative = another =其他的**
In virtue of the insolvency of the company he worked at, he has no choice but to seek **alternative** employment.
由於他原本任職的公司破產，他只好另謀高就。

2.annual　　［`ænjʊəl］　　　（adj.）　　每年的
　annul　　　［ə`nʌl］　　　　（v.）　　　廢除，取消

① In its **annual** financial report, the multinational highlights the turnovers from overseas subsidiaries.
在其年度財務報告中，這家跨國大公司聚焦於海外子公司的營收。

② Social movement groups are now pressing for the obsolete laws to be **annulled**.
社運團體正在強烈要求廢除那些不合時宜的法律。

3.band	[bænd]	(n.)	樂團
bend	[bɛnd]	(v.)	彎腰

① The hostess lined up a live **band** for the birthday party.
女主人已為生日舞會邀集了現場伴奏樂隊。

② The bishop **bent** forward to kiss the child.
主教彎下身來親吻那小孩。

4.batter	['bætɚ]	(v.)		重創
better	['bɛtɚ]	(adj.)	(adv.)	較好的
		(v.)		改善

① The country **was battered** by the hurricane.
颶風重創了這個國家。

② Mandela-- the late President of South Africa – devoted his life to **bettering** the democracy of South Africa.
已故南非總統曼德拉，畢生致力於改善南非的民主。

5.bind	[baɪnd]	(v.)	綁、裝訂
bond	[bɑnd]	(v.)	聯結
bound	[baʊnd]	(adj.)	前往

① **Bind** the books together with the cord.
用細繩把這些書綁起來。

② Their similar backgrounds had **bonded** them instantly and so completely.

相似的生活背景使他們很快變得親密無間。

③ The plane is **bound** for Tokyo.

這班飛機飛往東京。

6. blight [blaɪt] （v.） 枯萎
  bright [braɪt] （adj.） 明亮的
  plight [plaɪt] （n.） 困境

① A blunder nearly **blighted** Tracy's career before her business got off the ground.

一個大錯幾乎毀掉了崔西還沒有起步的事業。

② The guards parading at Buckingham Palace are earmarked by the **bright** uniforms.

白金漢宮閱兵式的衛兵們，色彩鮮豔的制服是他們的一大特色。

③ The boss displayed a willful ignorance of his employees' family **plight**.

老闆對於員工家庭的困境故意裝作一無所知。

7. desert [ˋdɛzɚt] （n.） 沙漠
      （v.） 遺棄
  dessert [dɪˋzɝt] （n.） 餐後甜點
  dissert [dɪˋsɝt] （v.） 論述

① The climate is very dry in the Sahara **Desert**.

撒哈拉沙漠地區氣候很乾燥。

② My sister drank iced tea with the meal. Mother and I had coffee after the **dessert**.

妹妹吃飯時喝冰茶，我和媽媽在吃完甜食後喝了咖啡。

③ Through the practice and the analysis of specimen, we **dissert** the design of city square in northwest region by using some kinds of theories, such as

culture, aesthetics, city planning, urban design.
透過實踐與樣本分析，我們使用了一些理論，諸如文化、美學、城市計畫與都市設計來論述西北地區的城市廣場的設計。

8. does [dəz] （v.） 做～
   dose [dos] （n.） 一劑藥
   ① The maid **does** what she's told without any complaint.
   女僕毫無抱怨，按照吩咐做事。
   ② One **dose** of antibiotics can wipe out the inflammation.
   一劑抗生素可以消除發炎。

9. delve [dɛlv] （v.） 深入探討
   valve [vælv] （n.） 閥
   ① The researchers need to **delve** more into these fields.
   研究者對於這些領域需要更深入地探討。
   ② An appropriate recreation can serve as a pressure **valve** for work.
   適當的休閒可以充當工作壓力的壓力閥。

10. ground [graʊnd] （n.） 地面；原因；理由
    grind [graɪnd] （v.） 磨（ground 為過去式與過去分詞）
    ① On what **grounds** does the prosecutor make the accusation?
    檢察官根據什麼理由提出那項指控？
    ② The odor of fresh **ground** coffee permeates the air.
    現磨咖啡的香氣瀰漫在空氣中。

11. lack [læk] （n.）（v.） 缺乏
    lake [lek] （n.） 湖

lace [les]　　　（n.）　　　蕾絲
① My girlfriend had red eyes from **lack** of sleep.
　　我女朋友因睡眠不足，眼睛佈滿血絲。
② The **lake** is bursting with fish.
　　湖裡充滿著魚。
③ My wife wears a pair of pajamas made of **lace**.
　　我太太穿了一件蕾絲睡衣。

12. lank [læŋk]　　（adj.）　稀疏的；瘦削的
bank [bæŋk]　　（n.）　銀行；河岸
hank [hæŋk]　　（n.）　一束、一卷
tank [tæŋk]　　（n.）　（水、油）槽；坦克車
yank [jæŋk]　　（v.）　猛拉

① She looked at the **lank** figure leaning against the porch column, chewing a straw.
　　她打量著這個靠在廊柱上、嘴裡嚼著乾草的瘦個子。
② The **bank** staffers tried all sorts of antics to raise money for charity.
　　銀行職員嘗試各種可笑的花招為慈善事業募款。
③ The old lady was trying to wind a **hank** of wool into balls.
　　老婦人正在嘗試把一綑毛線纏成毛線球。
④ There was a layer of sludge at the bottom of the oil **tank**.
　　油槽底部有一層油泥。
⑤ The old farmer **yanked** the horse back into the stable.
　　老農夫使勁地把那匹馬拉回馬廄裡。

13. moon [mun]　　（n.）　月亮
moot [mut]　　（adj.）　懸而未決的
① Astronauts have brought back some specimens

of rocks from the **moon**.
太空人從月球帶回了一些岩石標本。
② The controversies on this issue are still **moot**.
在這議題上的爭議仍然是懸而未決的。

14. **nip**　　[nɪp]　　　（v.）　　　招、捏、剪斷
　　nit　　 [nɪt]　　　（n.）　　　笨蛋
　① Bad habits should be **nipped** in the bud.
　　壞習慣尚未成形時就應該去除掉。
　② He is such a **nit** that I cannot bear working with him.
　　我無法忍受與這種笨蛋一起工作。

15. **probe**　[prob]　　（v.）　　　探究
　　prone　[pron]　　（adj.）　　有～的傾向
　　prune　[prun]　　（n.）　　　梅子
　　　　　　　　　　　　（v.）　　　修（刪）剪
　① The more the police **probed** into the murder case,
　　the more bewildered they felt.
　　警方對這謀殺案更深入探究時，他們愈感到困惑。
　② The manager is **prone** to jump to hasty conclusions.
　　經理很容易輕率地下結論。
　③ The company has tried all means to **prune** its deficits.
　　這家公司已嘗試所有的方法想去刪減它的赤字。

16. **swamp**　[swɑmp]　（n.）　　　沼澤
　　sweep　 [swip]　　（v.）　　　打掃
　① The **swamp** swarms with mosquitoes, reptiles,
　　and other insects.
　　沼澤地到處都有蚊子、爬蟲類動物和其他小昆蟲。
　② Mother damped down the ground, and then
　　swept it.
　　媽媽在地上灑一層水，然後再打掃。

17. snake [snek] （n.） 蛇
snack [snæk] （n.） 小吃、點心
① The sight of **snakes** makes my flesh creep.
我一看見蛇就心驚肉跳。
② I am not very hungry, so a small **snack** is fine for me.
我不太餓，吃些小點心就夠了。

18. systemic [sɪsˋtɛmɪk] （adj.） 全面的
systematic [ˌsɪstəˋmætɪk] （adj.） 有組織的
① **systemic = overall =全面的**
The domestic politics is locked in a **systemic** crisis.
國內政治陷入全面的危機。
② **systematic = organized =有組織的**
The authorities concerned had not found out any evidence of a **systematic** attempt to manipulate the ballot.
有關當局並沒有發現任何證據證明有人企圖有組織的操縱投票。

19. view [vju] （n.） 觀點
（v.） 看、視為
vie [vaɪ] （v.） 競爭
① He failed to bring the committee to his point of **view**.
他未能說服委員會同意他的觀點。
② The senior staffers, instead of **vying** for the CEO's favor, sought to put the maximum distance between themselves and him.
資深的職員，不再競相去討得總裁的歡心，相反地，極力與他保持最大距離。

20. wail [wel] （v.） 痛哭
wall [wɔl] （n.） 牆

① The multitude **wailed** over the disaster victims.
群眾為受難者們痛哭。
② The wind packed the snow against the **wall**.
風把雪吹到牆邊堆積起來。

21.wave　　[wev]　　（v.）　　揮手
　　weave　　[wiv]　　（v.）　　編織
　　waive　　[wev]　　（v.）　　放棄（權力等）
① The boy **waved** at his mother, who rushed to him.
小男孩對他的媽媽揮揮手，媽媽就趕忙跑過去。
② The women in the village **weave** thread into cloth, straw into hats, and reeds into baskets.
這村莊的婦女們把線織成布，把草編成草帽，把蘆葦編成籃子。
③ The murderer pleaded guilty and **waived** his right to appeal.
謀殺犯認罪了，並且放棄上訴。

22.whap　　[wɑp]　　（v.）　　重擊
　　whip　　[wɪp]　　（v.）　　鞭打
① The boxer was **whapped** and fell to the ground by his rival.
拳擊手被他的對手重擊倒地。
② The cruel master **whipped** his dog mercilessly.
殘酷的主人用鞭子狠心地抽打他的狗。

23.nerd　　[nɝd]　　（n.）　　書呆子（聰明但不善社交）
　　geek　　[gik]　　（n.）　　怪咖（愛好動漫的人或電腦控）
① That computer **nerd** is a total social misfit.
那個只會玩電腦的書呆子，對人情世故一竅不通。
② My notebook crashed. I need a **geek**.
我的電腦當機了！我需要一位電腦怪咖。

24. winkle	[ˋwɪŋk!]	(n.)		食用螺
		(v.)		取得
twinkle	[ˈtwɪŋk!]	(v.)	(n.)	閃爍
wrinkle	[ˈrɪŋk!]	(n.)		皺紋

① It is rather arduous to **winkle** the truth out of the candidate.

從候選人那兒挖出事實真相頗為困難。

②From the **twinkle** in her eyes, she is considerably satisfied with the present.

我們從她閃爍的眼神知道，她相當滿意這個禮物。

③ Some deep **wrinkles** furrow my father's lower forehead.

我父親額頭下方出現了幾道深深的皺紋。

25. duty	[ˈdutɪ]	(n.)	義務、職責
			（必須做的事）
responsibility	[rɪˌspɑnsəˋbɪlətɪ]	(n.)	責任
			（回應的能力）

① **duty = obligation =義務**
The president considers it his **duty** to conduct a political reform.

總統認為進行政治改革是他的職責所在。

② **responsibility = accountability =負有責任**
He shoulders the **responsibility** for supporting his family.

他扛起養家餬口的責任（對於家庭生計的回應能力）。

26. question	[ˈkwɛstʃən]	(n.)	疑問
problem	[ˈprɑbləm]	(n.)	問題
issue	[ˈɪʃu]	(n.)	議題

① **question = query =疑問**
The mayor rejected to answer further **questions**

on the subject.
市長拒絕對這個話題，再回答問題（疑問）。

② **problem = difficulty =困難**
There is no simple solution to the drug problem.
對於毒品問題並無簡單的解決辦法（解決毒品是很困難的）。

③ **issue = dispute =爭論**
The core **issue** for tertiary education is the mushrooming of universities.
高等教育的主要議題（爭論）是廣設大學。

27.**poisonous** ['pɔɪznəs]　（adj.）　（本身）有毒的
　　toxic　['tɑksɪk]　（adj.）　（被汙染後產生）毒性的

① **poisonous = venomous =蛇毒的（本身有毒的）**
Some mushrooms are edible; some are **poisonous**.
有些蘑菇可以食用的；有些蘑菇卻是有毒的（本身即有毒素的）。

② **toxic = contaminated =（被汙染後產生）毒性的**
Oil can, when spilled into the sea, be **toxic** to marine species.
石油溢入海洋可能毒害海洋生物（因受到汙染後而產生毒素的）。

28. **sit**　[sɪt]　（v.）　就坐（主動）
　　seated　['sitɪd]　（adj.）　就坐（p.p. 轉成 adj.）

① The little boy **sat** on the sofa watching TV.
這位小男孩坐在沙發上看電視。
② The little boy was **seated** on the sofa watching TV.
這位小男孩坐在沙發上看電視。

29.wait for 　　　　等候（待在一個地方）
　　expect 　　　　　等待（預期將會發生的事）
① I will **wait** at the train station until they arrive.
　　我會在火車站等到他們來（待在一個地方等候）。
② I am **expecting** a couple of important messages.
　　我正在等幾則重要的訊息（等待預期將會發生的事）。

30.sleep over 　　　　　在別人家過夜
　　sleep late（in） 　　（比平時）睡得晚（晚起）
　　oversleep 　　　　　睡過頭（遲到）
　　sleep out 　　　　　在外過夜；露宿
　　sleep around 　　　　與人上床
　　sleep like a log 　　睡得很沉（睡得像木頭一
　　　　　　　　　　　　　樣，動也不動）
　　sound / deep sleep 　熟睡
① The girl's friends were allowed to **sleep over** after
　　the birthday party.
　　生日聚會之後，這個女孩的朋友被允許在她家過夜。
② On weekends, she typically **sleeps late（in）**.
　　Sometimes when she wakes up, it is almost at noon.
　　週末時她通常起得晚。有時候她起床幾乎是正午了。
③ I forgot to set my alarm clock, so I **overslept**.
　　我忘了設鬧鐘，結果睡過頭了。
④ My mother doesn't allow me to **sleep out**.
　　媽媽不准我在外面過夜。
⑤ Her husband **sleeps around**.
　　她的老公與別的女人上床。
⑥ Because he was so fatigued, he **slept like a log**.
　　因為他很疲倦，所以他睡得很沉。
⑦ After a day's labour, we fell into a **sound（deep）sleep**.
　　我們在工作一整天後睡得很熟。

31.arrange ＋事情　　　　　　　　安排事情
　　arrange for ＋人 / 具體東西　　安排人或物
　　arrange ＋具體東西　　　　　　佈置；整理

① The manager **arranged a lunch appointment** with our customers.
經理安排了跟我們的客戶共進午餐。
NOTE
● a lunch appointment 是一件事，直接與 arrange 連用。

② My aunt will **arrange for my cousion** to take me around Tokyo.
姨媽將會安排我的表兄弟帶我去東京逛逛。
NOTE
● cousin 表兄弟，故與 arrange for 連用。

③ The concierge **has arranged for a cab** to pick me up.
櫃台人員已安排好計程車來載我。
NOTE
● a cab 計程車為具體東西，故與 arrange for 連用。

④ When my wife has free time, she enjoys **arranging flowers**.
我太太一有空時便喜歡插花。
NOTE
● arrange 當佈置時可以直接＋物，當受詞。

32.afterthought　　　　事後的想法；後來添加的東西
　　second thought　　　再考慮一下；改變主意
　　second opinion　　　其他人的意見

① The author's autobiography was an **afterthought** attached to this novel.
這本小說的作者自傳是後來才加上去的。

② The man bought the car without a **second thought.**

那人連想都不想就買了那一輛車子。

③ I suggest you get a **second opinion** from another doctor.

我建議你應該再聽聽另外一位醫生的意見。

33. It's a slow day.　　　　當天業績不好
　　It's a slow season　　　淡季
　　He is slow.　　　　　　很遲鈍
　　The movie is slow.　　這部電影很無聊乏味
　　He is slow at speech　他講起話來很笨拙
　　go slow　　　　　　　慢慢走、不慌張；減少
　　　　　　　　　　　　　活動；怠工

　　slow burn　　　　　　逐漸發怒

① You should **go slow** on a snowy day.

下雪天應放慢腳步。

② There is something wrong with her heart, so she has to **go slow**.

她心臟有問題，所以必須減少活動。

③ The workers often **go slow** in summer.

在夏天，工人們喜歡怠工。

NOTE

● ①～③從 slow「慢」引申出來的所有意義皆與不活躍有關，無須一一死記。

④ He did a **slow burn** and finally got furious.

他愈想愈氣，最後發怒了。

34. convince　　　使人確信某事　（強調相信）
　　persuade　　　說服人去做　　（強調行動）

① The nuclear power plants find it difficult to **convince** people that their operations are safe.

核能發電廠發現很難說服人們，他們的操作是安全無虞的。

② Ordinary customers **are easily persuaded into buying**（to buy）the things they don't really need.
一般消費者很容易被說服去買他們不需要的東西。

●一般字典都把 convince 與 persuade 解釋為說服，但是他們之間還是有點差異。convince 使人確信某事，強調讓人相信某件事情，而 persuade 說服人去做，強調行動。

35. in a car　　　　　　　在～裡面
　　　　　　　　　　　　　（無行走的空間）

　　on a bus（plane, train, ship）　在～之上
　　　　　　　　　　　　　（有行走的空間）

① We traveled **in a car** from Los Angels to San Francisco.
我們從洛杉磯坐汽車到舊金山。

② We travel **on a bus** from Los Angels to San Francisco.
我們從洛杉磯坐巴士到舊金山。

36. 授予動詞＋物＋ to ＋人　　口訣：**不看受詞，動作不完整**

　　授予動詞＋物＋ for ＋人　　口訣：**不看受詞，動作完整**

① He gave a book **to** me.
他給我一本書。

NOTE
●此句話，如果只講 He gave a book（他給一本書）動作不完整，所以不看受詞，動作不完整＋ to me。

② He made some tea **for** me.
他泡茶給我喝。

● 此句話，如果只講 He made some tea（他泡茶）動作完整，所以不看受詞，動作完整＋ for me。

37. Nice to see（meet）you　　第一次見面時的寒暄語

Nice seeing（meeting）you　　見面後離開時的寒暄語

● to ＋ Vr. 表示未發生的動作，所以 Nice to see（meet）you. 是指以前從未碰面過。Ving. 表示已發生的動作，所以 Nice seeing（meeting）you. 是已見面過了之後，道別時用的寒暄語。

38. toilet　　沖洗式馬桶（美）
廁所（英）

W.C. = water closet　　廁所
（原指水箱，過時的用語）

men's / women's room
restroom
powder room
lavatory

現在常用的廁所用語

39. trousers　　正式褲子，如西裝褲
pants　　一般褲子，所有褲子都可以講 pants
slacks　　寬鬆的長褲
shorts　　短褲
jeans　　牛仔褲

40. out of work（job）　　失業
get off work　　下班

① Tom lived in a town where over half of the men are **out of work**（job）.

湯姆所住的城鎮，超過一半的男人失業。

② He typically takes a stroll in the park after **getting off work**.
他下班後通常在公園裡散步。

41.extra work   額外的工作（≠加班）
work overtime   加班

① Her illness has imposed a lot of **extra work** on us.
他的生病為我們增加了很多額外的工作。

② The employees are required to **work overtime**.
員工被要求加班。

42.go on errands   跑腿，辦雜事
go on business
= have a business trip   出差

① The manager will **go on errands** to Japan.
經理要去日本辦雜事。

② The manager will **go** to Japan **on business**（have a business trip to Japan）.
經理要去日本出差。

43.我不希望如此。
I don't hope so.（X）
I hope not.   （O）

NOTE
● 可以講 "I don't think so."，但是不能依樣畫葫蘆講 "I don't hope so."，老外習慣講 "I hope not."。

44.我感謝你的幫忙。
I appreciate **your help**.   （O）
I thank **you for your help**.   （O）
I appreciate you for you help   （X）
I thank your help   （X）

●appreciate ＋事物，不能直接＋人。thank ＋人＋
for ＋物，不能直接＋**事物**。

45.你的服裝很特別。
Your outfit is very special. （X）
Your outfit looks awesome. （O）
NOTE
●稱讚人的服裝儀容不能用 be special，此乃中式
英文，須改用 looks awesome。

46 我先走。
I go first. （X）（中式英文）
I got to go. （O）

47.你先走。
You go first. （X）（中式英文）
After you. （O）（在你之後）

48.不用送了。
Don't send me out （X）（中式英文）
May I excuse myself? Please don't see me out. （O）
我可以先走嗎？不用送我了。

49.口誤
a mouth mistake （X）（中式英文）
a slip of the tongue （O）
If you hadn't made **a slip of the tongue**, no one
would have known our investment plan.
如果不是當初你說溜了嘴，沒人會知道我們的投資計畫。

50.我很疼。
I'm painful. （X）
I feel pain. （O）

NOTE

- painful 不能以人當主詞，例如 "My back is painful."（我的背很疼）、"The transition from dictatorship to democracy is painful."（從獨裁轉變到民主的過程是痛苦的）。「我感覺疼」須講成 "I feel pain."。

51.小心台階

Be careful of steps. （Ｘ）
Mind the steps. = Watch your steps. （Ｏ）

52.開會

Open the meeting. （Ｘ）（中式英文）
Call the meeting. （Ｏ）

NOTE

- 召開會議，叫人來開會，不能用 open，須改用 call。

53.the bull's eye

- 字面含意：牛眼
- 真正含意：靶心（重點）

① The manager **hit the bull's eye** when he pinpointed that our outdated marketing policy contributed to the slump of our sales.

經理講到重點了，當他精確的指出我們過時的行銷政策是造成銷售額直直落的原因。

NOTE

- the bull's eye 是「靶心」，hit the bull's eye 表示「正中靶心」，意味著說到重點，miss the bull's eye「錯過靶心」意味著無法抓住重點。

54.Foot the bill

- 字面含意：腳踩帳單 （不合理解釋）
- 真正含意：買單（帳單的數字寫在帳單的底部，以 foot 代表底部，延伸出此慣用語）；負責

① The manager will **foot the bill** for the cost of the birthday party.

經理會負責此次生日舞會所有費用的支付。

② The insurance company offers to **foot the bill** for the damage.

保險公司願意負責支付這筆賠償費。

55.Catch 22

●字面含意：第 22 條軍規

●真正含意：進退兩難

It's a **Catch 22** situation. She wants to find more time to accompany her children, but she has to spend most of her time working for supporting her family.

真叫人左右為難啊！她想多花時間陪小孩，但是又得花大部分的時間在工作上以維持生計。

NOTE

● 《Catch 22》是一部反戰小說，一位飛行員不想加入戰爭，所以他找到軍規第二十二條，假如你能證明你精神異常，就可以無須執行任務。但凡是可以證明自己精神異常者一定是精神正常者，所以 Catch 22 引申為進退兩難的局面。

56. (be) on the map

●字面含意：在地圖上

●真正含意：出名＝ famous

The cuisines put the restaurant **on the map**.

美食使得這家餐廳出名。

NOTE

●在地圖上可以找到的地點，一定是頗具知名度，才會被地圖列進去，進而引申為「出名」。

57.green hand
- ●字面含意： 綠色的手
- ●真正含意： 新手

He is a **green hand** in click business.
在網路事業上他算是個新手。

NOTE
● green 綠色，春天裡植物長綠色新芽，所以 green hand 表示新手，也可以直接用 green 表示新手，等同於 newbie，novice。

58.I know.
- ●字面含意：我知道。
- ●言外之意：暗示我已知道了，你不用再講了。

NOTE
真的了解別人講話時可以講 understood（It's understood 的省略講法）取代 I know，以免讓人誤會。

59.pull over
- ●字面含意： 拉上來
- ●真正含意：靠邊停車

The cop ordered her to **pull over**.
警察令她路邊停車。

60.brown-noser
- ●字面含意：棕色鼻子的人
- ●真正含意：馬屁精

He is a notorious **brown-noser**（ass-kisser）.
他是個惡名昭彰的馬屁精。

NOTE
● brown-noser 可以聯想成拍馬屁的人時常跟著馬的屁股後面，所以鼻子沾到馬的糞便形成棕色的鼻子。馬屁精也可以說成 a person who kisses（sucks）up to ＋人。

61.on the ball
●字面含意：在球上
●真正含意：機警；出色
That professional baseball player is really **on the ball**.
那位職棒選手真的很出色。
NOTE
●球員緊盯著球不放，表示機警，可以把球適當運作而得分，表示出色。

62.box one's ears
●字面含意：箱子上的耳朵（不合理的解釋）
●真正含意：打人耳光（**box 當動詞時表示拳擊或打人耳光**）
His mother was so infuriated as to **box his ears.**
他母親在怒氣之下打他耳光。

63.What's your cap?
●字面含意：你的帽子是什麼？
●真正含意：你的禮貌到哪去了？
You should take off your shoes before entering someone else's house. **What's your cap?**
進別人的房子前應該脫鞋。你的禮貌到哪去了？
NOTE
● cap 特指表示職業或等級的帽子，像軍人戴軍帽符合軍人禮儀，所以 cap 可以表示禮貌之義，What's your cap? 在此指你忘記遵守某項禮儀，也就是意味著你不禮貌。

64.double time
●字面含意：雙倍時間

●真正含意：雙倍工資
Our boss offers to pay us **double time** if we work on holidays.
老闆願意給在假日工作的人雙倍工資。

65.be + expecting
●字面含意： 正在期待
●真正含意：懷孕
My sister **is expecting** again.
我的姊姊又懷孕了！

66.play ball with
●字面含意：與人玩球
●真正含意：與人合作
The board of directors rejects to **play ball with** the president on this investment.
董事會拒絕在這項投資上與董事長合作。
NOTE
● play ball with 從字面上解讀的話是與人玩球，但依照前後文，有與人合作的深層涵義。

67.a dog person
●字面含意：狗人
●真正含意：愛狗的人
Judy is a **dog person**.
裘蒂是愛狗的人。
NOTE
● a dog person ＝ like a dog very much ＝ a huge dog fan

68.mug shot
●字面含意： 馬克杯的照片
●真正含意： 嫌疑犯照片、面部照片

There was a **mug shot** of the murderer in today's newspaper.

今天報紙上刊登謀殺疑犯的照片。

NOTE

● mug 有馬克杯之義，也可以表示臉，當動詞可以表示行兇搶劫，mug shot 是取後兩者之義，臉＋行兇搶劫，可以解釋成嫌疑犯的照片。

69.on the same page

●**字面含意： 在同一頁上**

●**真正含意：共識＝ consensus**

Can EU members all stay **on the same page** and support EU's policy of bailout for Greek?

是否所有歐盟國都意見一致，並且支持援助希臘的紓困方案？

70.It's so（totally）you.

●**字面含意：那就是你**

●**真正含意：那完全是你的風格**

The interior decoration of your house really goes with you. **It's so（totally）you**.

你房子的裝潢真的好適合你。這完全是你的風格！

NOTE

●完全符合你，意即表示那完全是你的風格。

71.face the music

●**字面含意： 面對音樂**

●**真正含意：面對困難**

A mature grown-up must **face the music** and shoulder responsibility.

成熟的成年人必須面對困難、承擔責任。

72.Never say die.
●字面含意：絕對不要說死
●真正含意：別氣餒（永不言敗）！
Never say die, or you will get nowhere.
永不氣餒，否則你將一事無成。
NOTE
●永不言死，意即表示永不言敗。

73.moonshine
●字面含意：月光
●真正含意：私酒
The police found a truck smuggling **moonshine** over the state line.
警方查到一輛載有私酒偷越國境的卡車。
NOTE
●moonshine除了可以表示月光，也可以表示私酒，因為私釀的酒不能在光天化日之下進行，所以只能在夜晚月光之下偷偷摸摸釀造。

74.as mad as hell
●字面含意：像地獄一樣發瘋
●真正含意：氣壞了
She was **as mad as hell** when she found her boyfriend was a two-timer.
她發現男朋友劈腿時真是氣壞了。
NOTE
●as mad as hell 瘋狂般地如同地獄中的惡魔，引申為氣到不行。

75.Let's get the ball rolling
●字面含意： 我們開始滾球吧！
●真正含意：我們開始吧！

We would like to **get the ball rolling** by talking about the project.

我們想先從這個計畫開始吧！

NOTE

●讓球滾動著意味著開始行動。

76. That's flat.
●字面含意：那是平的
●真正含意：就這麼簡單（絕對如此）！

I' m not falling in love, and **that's flat.**

我沒有在談戀愛，就這麼簡單！

NOTE

●原意為這件事情就像是平的狀態一目瞭然、如此簡單，引申為就是這麼簡單（絕對如此）！

77. body check
●字面含意：身體檢查
●真正含意：驗屍

Forensic experts performed a **body check** on the victim.

法醫為受害者驗屍。

NOTE

● body check = autopsy = postmortem

78. Keep your chin up.
●字面含意： 抬起你的下巴
●真正含意：不氣餒

NOTE

● chin up 有鼓舞士氣之意

79. green shoots
●字面含意：綠芽
●真正含意：景氣復甦

The resuscitation of the housing market is earmarked by **green shoots** in the pertinent sectors.
房地產的復甦由相關產業的景氣復甦可知。
NOTE
- green shoots 新芽，藉此比喻景氣復甦，春燕再度來臨。
- resuscitation（n.）：復甦；be earmarked by：以～為特色；pertinent（adj.）：相關的；sectors（n.）：產業。

80. put one's foot down
- ●字面含意：把腳放下來
- ●真正含意：堅持立場

The governor **put his foot down** on this issue.
州長在這個議題上堅持他的立場。
NOTE
- put one's foot down 把腳放下來，意味著站得更穩，引申為堅持立場。

81. nuts and bolts
- ●字面含意： 螺母與螺栓
- ●真正含意： 具體細節、基本要素

The **nuts and bolts** of the operation cannot be overlooked.
手術的具體細節都不能被忽視。
NOTE
- nuts 螺母，bolts 螺栓，nuts and bolts 所有的螺母與螺栓是一台機器的基本要素，引申為具體細節。

82. birthday suit
- ●字面含意：生日衣服
- ●真正含意：裸體；一絲不掛

Some women in their **birthday suits** were enjoying the sunbath on the beach.
沙灘上有些光著身子的女人在享受日光浴。

NOTE
● birthday suit 生日時所穿的衣服，為何指裸體呢？原因是嬰兒來到世上是光溜溜的身體，所以出生的那天就是生日，後來衍生成 birthday suit 指人一絲不掛，此句用語通常用於非正式場合，或者是熟人之間。

83.drop the ball
●字面含意：掉球
●真正含意：犯錯

Pay much attention to this negotiation. Don't **drop the ball.**
多放點心思在那個協商上。不要把它搞砸了！

NOTE
●比賽時掉球，算是個嚴重的錯誤，比喻犯錯。

84.hit the ceiling（roof）
●字面含意：撞到屋頂
●真正含意：暴跳如雷

When she came home at midnight, her father **hit the ceiling**（roof）.
她午夜回家時，她的爸爸暴跳如雷。

NOTE
●氣到屋頂都快掀開了，很有生氣的意象。

85.play a lone hand
●字面含意：使用一隻孤單的手玩
●真正含意：單槍匹馬

When studying in New York, I learned to **play a**

lone hand.
當我在紐約讀書時，我已經學會了單槍匹馬的獨立生活。
NOTE
●「孤單的手」形容一個人單獨無人陪伴，與 play
連用時則表示單槍匹馬地去做某事。

86.in black and white
●字面含意：黑白色
●真正含意：白紙黑字
These ironclad details are irrefutable proof **in
black and white**.
白紙黑字，鐵證如山。

87.pass the time of day with
●字面含意： 過了一天
●真正含意：打招呼（在一天的過程當中，難免會與人
　　　　　　打招呼，傳達善意）
The teacher stopped to **pass the time of day** with
me.
老師停下來與我寒暄一會。

88.What are you going to sell?
●字面含意： 你要賣什麼東西？
●真正含意： 你葫蘆裡賣什麼藥呢？
I don't know why you made the political donation
to the candidate. **What are you going to sell**?
我不知你為何要捐這筆政治獻金給這名候選人。你葫
蘆裡賣什麼藥呢？
NOTE
● sell 在此不是販賣之義，而是表示目的。

89.all thumbs

●字面含意：都是大拇指。
●真正含意：笨手笨腳。
He tried to fix the tap, but he was **all thumbs**.
他試著修理水龍頭，但是笨手笨腳的。
NOTE
●都用大拇指來做事，一定會笨手笨腳，做不了事。

90.be in a family way
●字面含意：走向家庭之路
●真正含意：不拘束；懷孕（有喜）；結婚
① She talks to me **in a family way.**
她跟我講話從不拘束（像家人般式的講話）。
② My wife is **in a family way**（pregnant / in a delicate situation）.
我的太太有喜了！
③ My homeroom teacher is about to be **in a family way**.
我的級任導師即將結婚。
NOTE
●in a family way 字面上解釋為走向家庭之路，所有衍生出來的意思皆與家庭有關。

91.I hear what you say.
●字面含意：我聽到你說的話了。
●真正含意：我不想跟你再討論這件事情了。

92.play it by ear
●字面含意：讓我們憑著耳朵演奏吧！
●真正含意：見機行事（隨機應變）。
It is quite complicated：we had better **play it by ear**.
情況相當複雜，我們最好見機行事。
NOTE

●耳朵聽到什麼，就按照所聽到的來做，表示見機行事、隨機應變。

93.Can you spot me?
●字面含意：你可以認出我嗎？
●真正含意：先幫我墊一下錢。
NOTE
● spot 此字有相當多的意義，可以當認出，也有現金交易的意思，在此句中表示以現金幫忙墊一下錢。

94.wheel and deal
●字面含意：轉動與交易
●真正含意：投機（玩弄手段）
He is a stock broker who **wheels and deals** on the stock market.
他是個在股票市場做投機買賣的股票營業員。
NOTE
● wheel 轉動，deal 交易，兩者合在一起的意思是見風轉舵的交易方式，也就是投機買賣，或者是玩弄手段，取得交易上的利益。

95.the cream of the crop
●字面含意：農作物上的奶油
●真正含意：菁英（出類拔萃）
You are **the cream of the crop**. You must be admitted to the traditionally elitist and discriminatory university.
你是菁英，一定可進傳統知名菁英大學就讀。
NOTE
●農作物是人類必備糧食，蛋糕的最上層通常是奶油，兩者皆意味著重要的意思，所以可用來引申為菁英分子、出類拔萃的人。

96.big wig
●字面含意：大頂假髮
●真正含意：大人物
Her father is a **big wig**, and thus the high-rank executives of the school kiss up to her.
她父親是個大人物，因此學校高層都要拍她馬屁。
NOTE
●看港劇或港片時常看到律師上法庭時須戴復古白色假髮，這種習俗源自於古代的英法貴族戴假髮以彰顯自己的身分，因此後人就引用來形容大人物。

97.I almost agree your proposal.
●字面含意：我幾乎要接受你的想法。
●真正含意：我完全不同意。

98.get hot under the collar
●字面含意：衣領下發熱
●真正含意：怒氣沖沖的
You don't need to **get hot under the collar**. He didn't mean it.
他不是故意的，你不需要怒氣沖沖的。
NOTE
●當人非常生氣的時候，衣領（collar）下的脖子會發熱，引申為氣到臉紅脖子粗。

99.work my tail off
●字面含意：去除我的尾巴
●真正含意：拚命地工作（不甘願的語氣）
If you are interested in your work, you will **work your tail off**.
如果你對你的工作感到興趣，你是會拚命去做的。

100.fire away

- ●字面含意：開火！
- ●真正含意：發問吧！

All right, **fire away** with your questions.

好吧！你們儘管問吧！

NOTE

●用此片語最大目的是讓人放心盡情地提問。

101.foam at the mouth

- ●字面含意：嘴上冒泡
- ●真正含意：火冒三丈

Her husband's extramarital affair made her **foam at the mouth.**

她先生外遇的行為使她火冒三丈。

NOTE

●氣到嘴上冒泡，表示非常生氣。

102.a flash in the pan

- ●字面含意：在平底鍋中炒一下
- ●真正含意：曇花一現

The decline of the gas price is only **a flash in the pan**.

汽油價格下滑只是曇花一現。

NOTE

●flash 閃過去；pan 平底鍋；a flash in the pan 在平底鍋中炒一下，意味著在某領域中只是一閃而過。

103.beat someone to the punch

- ●字面含意：把人狠狠揍一頓
- ●真正含意：先發制人（搶先一步）

You should **beat** him **to the punch** before he comes up with a solution.

在他想出解決辦法之前，你應該先發制人（搶先一步）。

104.carrots and sticks
- ●字面含意：紅蘿蔔與棒子
- ●真正含意：軟硬兼施

The teacher adopted a **carrot-and-stick** approach to the problem.

老師針對這個問題採用軟硬兼施的辦法。

NOTE
- ●一手拿著紅蘿蔔代表甜頭，一手拿著棒子代表處罰，衍生為軟硬兼施。

105.smell a rat
- ●字面含意：聞到老鼠味
- ●真正含意：感到不妙

Why is the teacher looking for me? I **smell a rat**.

為何老師要找我？我感到不妙。

NOTE
- ●中古世紀的黑死病其罪魁禍首是老鼠，所以後人對老鼠退避三舍，smell a rat 聞到老鼠的味道，表示事情不妙了！

106.This is a quite brave idea.
- ●字面含意：這是個相當大膽的想法。
- ●真正含意：這個想法完全沒有道理。

NOTE
- ●brave 在此指太過激進，不可行。

107.third wheel
- ●字面含意：第三個輪子
- ●真正含意：（不解風情的）電燈泡

The single woman must feel like a **third wheel** when listening to her coworkers talking about

their husbands and children.
這位單身女子聽到她的同事談論她們的先生與子女時，
一定覺得她是個電燈泡（局外人）。

NOTE
● third wheel 第三個輪子就像是偉士牌摩托車一樣，
掛第三個輪子當備胎，在平常不故障時，第三個輪
胎就是個累贅，衍生為（不解風情的）電燈泡。

108.like a slap in the face
●字面含意：就像是被打一巴掌
●真正含意：侮辱
The technology giant feels **like a slap in the face**
regarding the lawsuit of tort.
這家科技大廠對於此項侵權訴訟案，感覺像是被人打了
耳光似的侮辱。

NOTE
● a slap in the face 打耳光，意味著侮辱。

109.brick and mortar
●字面含意：磚塊與石灰泥
●真正含意：實體的
The company with many **brick and mortar**
stores has stretched its business in the virtual
world.
這家擁有很多實體通路商的公司，已經將他的事業延
伸到虛擬世界。

NOTE
● brick and mortar 由磚塊與石灰泥所建造而成的營
業單位，即是實體通路，與 online 線上，virtual
虛擬成對比。

110.once in a blue moon

●**字面含意：出現一次的藍色月亮**
●**真正含意：千載難逢**

Seeing a meteor shower is **once in a blue moon**.

看見流星雨是千載難逢的機會。

NOTE

- once in a blue moon 不可能有藍色的月亮，因此可以看見藍色月亮引申為千載難逢的機會。

Lesson
10

看廣告
學英文

Slogans 就是最好的英文老師

　　很多書籍、專家學者在談如何學好英文時,往往捨近求遠,教授一些難用的詞語,忽略了我們生活周遭的事物。英文廣告中的 slogan 通常簡單、易懂、口語化,容易朗朗上口,快速地吸引群眾的目光。

　　廣告 slogan 的取材通常是日常生活中的點點滴滴,貼近生活,實用度高,時常把它們掛在嘴邊,可以形成一種英語式的生活態度,拉進與 native speakers 的距離,增加學英文的樂趣。除此之外,很多經典的廣告語傳達了人生哲理、正面積極的態度,值得學習。

　　把這些 slogan 大聲講出,多唸幾遍,像唱歌一樣,把握節奏,流暢地說出,相信你的英文「原味」會愈來愈濃。

實例講解

1. I'm lovin' it.（McDonald's）＝我超愛的

　A：How about this movie?
　　　這部電影你覺得如何?

　B：**"I'm lovin' it."**
　　　我超愛的。

　NOTE
　●如果有人問你是否喜歡某事物時,你可以回答 "I'm lovin' it."。

2. Obey your thirst.（Sprite）＝順應你的渴望

Obey your thirst. Just do it.
順應你的渴望，儘管去做吧！
NOTE
● thirst = desire ＝渴望，以中文來解釋此句廣告語
更為貼切：「口渴了、順應你的慾望、暢飲雪碧！」

3. **Eat Fresh.（Subway）＝吃得新鮮**
Eat fresh! Don't eat too much frozen food.
吃得新鮮！不要吃太多冷凍食品。
NOTE
●此句 slogan 非常適合用勸誡人家「要吃得健康！」

4. **Finger Lickin' Good（KFC）＝好吃得不得了**
A：How about the Chocolate cake?
巧克力蛋糕滋味如何？
B："**Finger Lickin' Good.**"
好吃得不得了！
NOTE
●此句 slogan 用來形容把炸雞吃完後，還想把手指
舔乾淨（lick finger），好吃得不得了！

5. **All you add is love.（RALSTON PURINA PET FOOD）＝你所添加的就是愛**
When you prepare a dinner for your family, "**all you add is love.**"
為家人準備晚餐，「愛」是最好的調味料。
NOTE
●此句為寵物飼料的 slogan，主要是宣傳餵食寵物
吃他們家的飼料，無疑是一種「愛的表現」！

6. Good to the last drop.（MAXWELL）＝滴滴香濃，意猶未盡

A：How about the brandy?

這品牌的白蘭地味道如何？

B："**Good to the last drop**."

滴滴香濃，意猶未盡。

NOTE

●可以用來形容任何「香醇」的飲料。

7. The choice of a new generation（Pepsi Cola）＝新一代的選擇

The new digital single-lens reflex camera is "**the choice of a new generation**."

新的數位單眼相機是「新一代的選擇」。

NOTE

●此家廠牌的可樂長久以來屈居第二，不管砸大錢請國際知名娛樂圈人士代言也無法使它躍居龍頭寶座，因此喊出此一口號，呼籲新一代的年輕人做出新的選擇。

8. It's the real thing.（Coca Cola）＝無可取代

The music goes with the commercial. "**It's the real thing**."

這曲子搭配廣告的感覺，真是「無可取代的」。

NOTE

●國際第一大可樂品牌，捍衛自己天王的地位，告知全世界，他們的王者地位是無可取代的。

9. Take time to indulge.（Nestle）＝盡情享受吧！

"Take time to indulge" in all our hotel facilities.
盡情享受我們飯店裡的所有設施。
NOTE
●不少眼尖的讀者在讀了這麼多的廣告語後，不難發現英文的 slogan 很喜歡以祈使（命令）句，也就是說以原形動詞開頭，省略 you 的句型，目的在於建議或暗示你也應該如此做！

10. **To me, the past is black and white, but the future is always color.**（Hennessy）
=對我而言，過去平淡無奇；而未來，卻是絢爛繽紛。
"To me, the past is black and white, but the future is always color." **"Just do it!"**
「對我而言，過去平淡無奇；而未來，卻是絢爛繽紛」。放手去做吧！
NOTE
●此句廣告語雖然有點長，但是用字簡單，意義深遠，傳達著「昨日種種譬如昨日死，今日種種譬如今日生」。幾乎耳熟能詳的廣告語都是正面性的，多看、多聽、多講這些 slogan，心中會產生正面積極的力量。

11. **Keep Walking**（Johnnie Walker）=**勇往直前**
"Keep walking" is the key to success.
「不斷地往前邁進」是成功的關鍵。
NOTE
●只要聽到 keep walking，腦海中就會浮現「人在行走前進」的 logo，而廣告的內容也符合它的宗旨，鼓勵大家不斷「向前行」。

12.Think Different.（Apple）＝換個不同角度思考
"Think different!"The world lies in your hand.
「換個角度，以不同的方式思考」，世界便掌握在你手中！
NOTE
●換個角度，以不同的方式思考，創造出與眾不同的
獨特性。

13.Think outside the box（Apple）＝另類思考
To **"think outside the box"** is to create a fresh trend.
「另類思考」有助於開創新趨勢。
NOTE
●另類思考，跳脫出傳統的窠臼，才有一番新氣象，
這是人類進步的動力。

14.Let's Make Things Better.（Philips）＝再接再厲
"Let's make things better." Let's be champions.
「再接再厲」！贏得冠軍！
NOTE
●好還要更好，不因為目前的成功而驕傲，再接再厲，
把事情做得更好。

15.sense and simplicity（Philips）＝精於心、簡於型
Any 3C appliance must fit the demand of **"sense and simplicity."**
任何 3C 產品必須能符合「精於心、簡於型」的需求。
NOTE
●這是家電大廠的新 slogan，取代上述所提到的 "Let's make things better."，新一代的家電用品必須有人性化

的功能、簡約的設計，才能符合數位化時代的新需求。

16.Life's Good （LG）＝生活是美好的
"**Life's good.**" Enjoy your life.
生活是美好的。享受你的生活。
NOTE
●非常有正面性能量的一句話。

17.Ideas for Life（Panasonics）＝源自生活中的創意
"**Ideas for Life**"is the motto of the furniture company.
「源自生活中的創意」是這家具公司的座右銘。
NOTE
●創意並不是無中生有，源源不絕、創新獨特的想法皆源自於生活之中。

18.Inspiring Innovation，Persistent Perfection （ASUS）＝精彩創新、完美品質
Our boss always says to us, "**Inspiring Innovation, Persistent Perfection.**"
老闆總是跟我們說：「精彩創新、完美品質。」
NOTE
●這是台灣兩大電腦雙 A 品牌其中一家的 slogan，採取「壓頭韻」（alliteration）的方式，使它更有韻律，可以朗朗上口。事實上，此句 slogan 響遍全球，也使得它的業績長紅！

19.No business too small, no problem too big. （IBM）＝沒有不做的小生意，沒有解決不了的大問題。
Our boss asks us to follow the slogan："**No**

business too small, no problem too big."
老闆要求我們落實「沒有不做的小生意，沒有解決不了的大問題」。

NOTE
- business 對上 problem，small 對上 big，不難發現英文的 slogan 皆有脈絡可循，只要依照此脈絡：「對比法」、「正比法」、「對仗法」，你也可以創造出響亮的英文 slogan。

20.Feel the new space.（Samsung）=感受新境界
Make the best use of the digital technology gadgets. **"Feel the new space."**
善加利用數位科技產品，「感受新境界」。

NOTE
- 數位化時代的數位科技包括智慧型手機（smartphone），平板電腦（tablet computer），3D 影音，皆可以讓人體會新境界。

21.Like No Other（Sony）=獨一無二
Follow your Mind: **"Like No Other."**
讓心引領著你，創造出自己「獨一無二」的風格！

NOTE
- "Like No Other"，此標語一出，誰與爭鋒！

22.Take TOSHIBA, take the world.（Toshiba）=擁有東芝，擁有世界
Take knowledge, **take the world.**
擁有知識，擁有世界。

NOTE

●只要將 TOSHIBA 換成不同的受詞，便可以創造出許多不同的風貌："Take ～，take the world."。

23.Intelligence everywhere（Motorola）
＝智慧演繹，無所不在
"**Intelligence everywhere**" can be found in the postmodern architecture.
「智慧演繹，無所不在」可以在這棟後現代的建築中得到驗證。
NOTE
●二十一世紀是 AI 人工智慧（Artificial Intelligence）蓬勃發展的時代，科技不斷推陳出新，所有科技產品的 slogan 皆與創新、進步畫上等號。

24.Make yourself heard.（Ericsson）＝心能被聽見
In the busy life, "**make yourself heard.**"
在繁忙的生活中，要使你的心能被聽見！
NOTE
●此則廣告的內容是一名男士去二手唱片行找尋老歌，試著哼唱歌曲給女店員聽，過了許久，女店員一直沒有回應。他正感覺奇怪時，這名女店員很吃力地說：「我聽不見你的聲音，但我能感覺你的心。」原來她是聽覺障礙人士，於是那名男士打電話到電台點播那一首老歌，留言說，這首歌獻給聽不見，但期待心能被聽見的女孩，隨後 "Make yourself heard." 浮現在螢光幕中。

25.Connecting People（Nokia）＝科技始於人性
"**Connecting people**" is the benchmark of all

cutting-edge technology products.
「科技始於人性」是所有尖端科技產品的依歸。
NOTE
●幾年前，這個廣告大家耳熟能詳，儼然成為所有科技產品的研發依歸。但是很弔詭的是，這家手機大廠在智慧型手機大行其道時，卻依然堅持按鍵型手機的生產，等到它發現大勢不妙時，才緊急開發生產智慧型手機，但為時已晚，最後逃不過被其他大廠收購的命運。既然科技始於人性，智慧型手機的便利性確實遠比按鍵型手機方便人們使用，只可惜昔日的手機大廠口號喊得很響亮，但無法跟得上時代潮流的變遷，只好在這股洪流之中被吞沒。

26.Let your finger do the walking（YELLOW PAGES）＝讓你的手指動起來

Our smartphones can **"let your finger do the walking."**
我們的智慧型手機可以讓你「暢滑無限」！
NOTE
●Yellow Pages（美國電話簿）黃頁工商分類部分，為了讓大家有意願的翻開電話簿找尋合作伙伴所設計的廣告 slogan。

27.It's everywhere you want to be.（Visa）＝世界任你行！

If you have a good command of English, **"it's everywhere you want to be."**
如果有好的英文能力，「世界任你行」！
NOTE
●持有 Visa 卡，想去哪裡就去哪裡！

28.Just do it（NIKE）＝只管去做
Don't let the grass grow under your feet. **"Just do it!"**
不要再猶豫了！「只管去做」！
NOTE
●對 non-native speakers 來說，此句廣告 slogan
再熟悉也不過，每當聽到這一句話時，腦海總是會
浮出「籃球之神」Jordan 從罰球線上起跳，猶如
「空中飛人」的灌藍，振奮人心！

29.Impossible is Nothing （Adidas）＝沒有什麼事情不可能的！
A：He said, he would like to be a technology giant.
他說他想成為科技界的巨人（佼佼者）。
B："Impossible is Nothing."
沒有什麼事情不可能的！
NOTE
●非常具有鼓勵性的一句話，人生難免會遇到重重的
挑戰，倘若能堅持 "Impossible is Nothing"，那
麼將會雨過天青。

30.I am what I am （Reebok）＝做自己
I firmly believe "I am what I am."
我堅持相信做自己。
NOTE
●這是一家運動鞋的廣告標語，隱含著穿他們家的球
鞋，「做自己」，跑出自己的一片天。

31.I Love This Game（NBA）＝我愛死這比賽！
Miami Heat defeated the San Antonio Spurs 95-

88 in Game 7 of the NBA Finals in 2013. **"I Love This Game**."

邁阿密熱火隊在二〇一三 NBA 總冠軍賽的第七場以九十八比八十八打敗聖安東尼馬刺隊奪得總冠軍。「我愛死這比賽」！

NOTE

●簡潔明瞭，表達出 NBA 球賽的精彩度，也說出觀眾對它的熱愛度。

32.Where Amazing Happens. = NBA 職籃場上是見證奇蹟發生的地方

Linsanity proves "Impossible is Nothing." **"Where Amazing Happens."**

「林來瘋」證明了「沒有什麼事情是不可能的」。NBA 職籃場上是見證奇蹟發生的地方。

NOTE

●NBA 以此句 slogan 取代 "I Love This Game"，突顯出籃球場上是見證不可思議的事情發生的地方。林書豪頂著哈佛畢業的光環投入 NBA，但球運不佳，上場機會甚少，一再被迫退出轉隊，正當他灰心之時，準備棄籃球投靠上帝當牧師，奇蹟終於發生。二〇一一球季，在紐約尼克隊主力球員紛紛受傷時，戰績慘烈，林書豪以板凳球員的身分使尼克隊鹹魚大翻身，擠進季後賽，不僅風靡了紐約、全美國，更轟動全世界，掀起一股舉世罕見的「林來瘋」熱潮。

33.Stick Together （T-Mobile）＝緊緊相繫

Our service "helps you **stick together** with the

people who make your life come alive."
我們提供的服務可以使得你與讓你生活精彩的人「緊緊
相繫」。
NOTE
● "Stick together"「緊緊相繫」無疑是電信業者的
最佳 slogan，無論何時、何地，使用該電信服務
系統皆可讓你「天涯若比鄰」。

**34.Your world. Delivered.（AT&T）= 你的世界，我
來傳送**
Your world can **be delivered** to every nook and
cranny of the world by such social networks as
Facebook & Twitter.
你的世界可藉由社群網站，如「臉書」和「推特」傳到
全世界各個角落。
NOTE
●這也是一家電信公司非常簡潔有力的宣傳語，你所
看到、感覺到的，皆可藉由該公司的服務系統傳到
世界各個角落。

35.Moving Forward （TOYOTA）= 不斷向前進
"Move forward", or you will fall behind.
不斷向前進，否則你就會落後。
NOTE
● moving forward 此信念已將該汽車公司推向世界
第一大的汽車公司，所以成功的廣告語往往是簡
單、朗朗上口、鏗鏘有力、鼓舞人心。

**36.Poetry in motion, dancing close to me
（TOYOTA）= 舞動的詩，向我靠近**

The breeze is like "**poetry in motion, dancing close to me.**"

微風就像「舞動的詩，向我靠近」。

NOTE
● 光看這廣告語，很難猜出它是汽車廣告，因為它非常具有詩意，運用 "motion" 與 "dancing" 等字眼形容該汽車在奔馳的時候，就像是一首舞動的詩正在招手，讓我無法抗拒它的魅力。

37. The relentless pursuit of perfection.（Lexus）= 專注完美，近乎苛求

"**The relentless pursuit of perfection**" navigates him to the peak in his career.

「專注完美，近乎苛求」帶領他達到人生的巔峰。

NOTE
● TOYOTA 已是全球最大的汽車廠，雖然他們的汽車物美價廉，但是總是讓人覺得不夠精緻、豪華不足，所以研發可媲美歐美高級房車的頂級房車，此項策略奏效，而它的堅持正可以說明好還要更好，不安於現狀，勇往直前。

38. We integrate, you communicate.（Mitsubishi）= 我們集大成，您表達自我

Steve Jobs puts the slogan into effect："**We integrate, you communicate.**"

史蒂夫‧賈伯斯落實了「我們集大成，您表達自我」這個廣告語。

NOTE
● integrate（ v. ）：整合。communicate（ v. ）：表達、

傳達。採取「押尾韻」的方式，正比對仗，使得整句話鏗鏘有力。讀者也可以學習廣告中的主角：重工界的巨人整合現有的，超越他人與表達自我，猶如蘋果電腦的創辦人 Steve Jobs，整合現有的數位科技於智慧型手機、平板電腦一樣，帶領蘋果超越其他品牌，進而不斷創新，超越自我。

39.Everything we do is driven by you.（Ford）
＝您的需求是我們創造的動力
My darling, you are my everything. **"Everything I do is driven by you."**

親愛的，你是我的一切！「我所做的一切都是因為你」！

NOTE
●這是客製化的極致表現。除了可以用於推銷產品之外，也可以用來表示情感：我（們）所做的一切都是因為你！

40. The Ultimate Driving Machine（BMW）＝終極房車
"The ultimate driving machine" can go with your taste.

此輛高級房車可以配得上你的品味。

NOTE
●這是世界上賣得最好的高級房車的廣告，"ultimate"「終極」意味著沒有比它更好了，不使用 automobile 汽車，而使用 driving machine 驅動機，在此意味著它的引擎也是世界第一，別的高級房車望其項背。

41.We lead. Others copy.（Ricoh）
＝我們領先，他人仿效

Our boss said proudly：**"We lead. Others copy."**
我們老闆很驕傲地說：「我們領先，他人仿效。」
NOTE
●廣告 slogan 除了喜歡用片語之外，也喜歡用短句
的對比句，加強反轉語氣的力道，使人印象深刻，
此句廣告語便是箇中翹楚。

42.Time is what you make of it.（Swatch）
＝善加利用時間
"Time is what you make of it." Take immediate
actions.
「善加利用時間」，行動吧！
NOTE
●此句廣告語可以呼應莎士比亞的名句："The time of
life is short; to spend that shortness basely, it would
be too long." 人生苦短，若虛度光陰，則短暫的人生
就太長了。勸誡世人善加利用時間，不虛度人生。

43.Start ahead.（Rejoice）＝從頭開始
After the fiasco, the political figure **"starts ahead."**
這位政治人物在此次的大挫敗後「從頭開始」。
NOTE
●這是國際知名洗髮精的廣告，正如其名，洗頭是
「從頭開始」，採用雙關語，一來可以宣傳產品，
二來又可以起正面性的作用，真是一舉兩得。

44.Save money, Life better （Wal-Marts）
＝讓你省錢、生活更美好
"Save money, Life better" is particularly

important in the doldrums.

「讓你省錢、生活更美好」尤其在經濟蕭條之下，顯得格外重要。

NOTE

● Wal-Marts 是世界最大的零售商，所以此句 slogan 正可以突顯出它為何可以在強烈的競爭中脫穎而出，成為零售商的龍頭老大，因為進入 Wal-Marts 便可以 "Save money, Life better"，這不是每一個小老百姓的願望嗎？

45. Because We're Worth It（L'Oreal）＝因為我們值得

No compromise on substance and no compromise on style. **"Because We're Worth It."**

在材質上與風格上絕不妥協！「因為我們值得」！

NOTE

●此句話可以應用在告知某人「你的價值」。

46. Sexy. Glamorous. Innovative.（Victoria's Secret）＝性感、迷人、出眾

The commercial for the bra is **"Sexy, Glamorous, and Innovative."**

這個女性內衣廣告拍得很「性感、迷人、出眾」。

NOTE

●此為女性內衣的廣告，主打最後一句 "Innovative" 創新。女性內衣的「性感」、「迷人」不會讓人覺得意外，如何創新、與眾不同，則會吸引女性消費者的好奇心。

國家圖書館出版品預行編目資料

別在英溝裡翻船 / 李正凡著.
-- 初版 . -- 臺北市：平安文化 , 2014.06
面；公分 . --（平安叢書；第 445 種）（樂在學習；
12）
ISBN 978-957-803-909-4（平裝）

1. 英語 2. 語法

805.18　　　　　　　　　　　　103008745

平安叢書第 0445 種
樂在學習 012

別在英溝裡翻船

作　　者―李正凡
發 行 人―平雲
出版發行―平安文化有限公司
　　　　　台北市敦化北路 120 巷 50 號
　　　　　電話◎ 02-27168888
　　　　　郵撥帳號◎ 18420815 號
　　　　　皇冠出版社（香港）有限公司
　　　　　香港上環文咸東街 50 號寶恒商業中心
　　　　　23 樓 2301-3 室
　　　　　電話◎ 2529-1778　傳真◎ 2527-0904
責任主編―龔橞甄
責任編輯―楊家佳
美術設計―謝佳惠
著作完成日期― 2014 年 1 月
初版一刷日期― 2014 年 6 月

法律顧問―王惠光律師
有著作權 ‧ 翻印必究
如有破損或裝訂錯誤，請寄回本社更換
讀者服務傳真專線◎ 02-27150507
電腦編號◎ 520012
ISBN ◎ 978-957-803-909-4
Printed in Taiwan
本書定價◎新台幣 280 元 / 港幣 93 元

● 皇冠讀樂網：www.crown.com.tw
● 皇冠Facebook：www.facebook.com/crownbook
● 皇冠Plurk：www.plurk.com/crownbook
● 小王子的編輯夢：crownbook.pixnet.net/blog

皇冠60週年回饋讀者大抽獎！
600,000現金等你來拿！

參加辦法 即日起凡購買皇冠文化出版有限公司、平安文化有限公司、平裝本出版有限公司2014年一整年內所出版之新書，集滿書內後扉頁所附活動印花5枚，貼在活動專用回函上寄回本公司，即可參加最高獎金新台幣60萬元的回饋大抽獎，並可免費兌換精美贈品！

● 有部分新書恕未配合，請以各書書封（書腰）上的標示以及書內後扉頁是否附有活動說明和活動印花為準。
● 活動注意事項請參見本扉頁最後一頁。

活動期間 寄送回函有效期自即日起至2015年1月31日截止（以郵戳為憑）。

得獎公佈 本公司將於2015年2月10日於皇冠書坊舉行公開儀式抽出幸運讀者，得獎名單則將於2015年2月17日前公佈在「皇冠讀樂網」上，並另以電話或e-mail通知得獎人。

抽獎獎項

60週年紀念大獎1名：獨得現金新台幣60萬元整。
● 獎金將開立即期支票支付。得獎者須依法扣繳10%機會中獎所得稅。● 得獎者須本人親自至本公司領獎，並於領獎時提供相關購書發票證明（發票上須註明購買者名）。

讀家紀念獎5名：每名各得《哈利波特》傳家紀念版一套，價值3,888元。

經典紀念獎10名：每名各得《張愛玲典藏全集》精裝版一套，價值4,699元。

行旅紀念獎20名：每名各得 deseño New Legend尊爵傳奇28吋行李箱一個，價值5,280元。
● 獎品以實物為準，顏色隨機出貨，恕不提供挑色。
● deseño尊爵系列，採用質感金屬紋理，並搭配多功能收納內襯，品味及性能兼具。

時尚紀念獎30名：每名各得 deseño Macaron糖心誘惑20吋行李箱一個，價值3,380元。
● 獎品以實物為準，顏色隨機出貨，恕不提供挑色。
● deseño跳脫傳統包袱，將行李箱注入活潑色調與簡約大方的元素，讓旅行的快樂不再那麼單純！

詳細活動辦法請參見
www.crown.com.tw/60th

主辦：皇冠文化出版有限公司
協辦：平安文化有限公司
平裝本出版有限公司

慶祝皇冠60週年，集滿5枚活動印花，即可免費兌換精美贈品！

參加辦法 即日起凡購買皇冠文化出版有限公司、平安文化有限公司、平裝本出版有限公司2014年一整年內所出版之新書，集滿**本頁左下角**活動印花5枚，貼在活動專用回函上寄回本公司，即可免費兌換精美贈品，還可參加最高獎金新台幣60萬元的回饋大抽獎！

●贈品剩餘數量請參考本活動官網（每週一固定更新）。 ●有部分新書恕未配合，請以各書書封（書腰）上的標示以及書內後扉頁是否附有活動說明和活動印花為準。 ●活動注意事項請參見本扉頁最後一頁。

活動期間 寄送回函有效期自即日起至2015年1月31日截止（以郵戳為憑）。

贈品寄送 2014年2月28日以前寄回回函的讀者，本公司將於3月1日起陸續寄出兌換的贈品；3月1日以後寄回回函的讀者，本公司則將於收到回函後14個工作天內寄出兌換的贈品。

●所有贈品數量有限，送完為止，請讀者務必填寫兌換優先順序，如遇贈品兌換完畢，本公司將依優先順序予以遞換。 ●如贈品兌換完畢，本公司有權更換其他贈品或停止兌換活動（請以本活動官網上的公告為準），但讀者寄回回函仍可參加抽獎活動。

兌換贈品

●圖為合成示意圖，贈品以實物為準。

A
名家金句紙膠帶

包含張愛玲「我們回不去了」、張小嫻「世上最遙遠的距離」、瓊瑤「我是一片雲」，作家親筆筆跡，三捲一組，每捲寬1.8cm、長10米，採用不殘膠環保材質，限量1000組。

B
名家手稿資料夾

包含張愛玲、三毛、瓊瑤、侯文詠、張曼娟、小野等名家手稿，六個一組，單層A4尺寸，環保PP材質，限量800組。

C
張愛玲繪圖手提書袋

H35cm×W25cm，棉布材質，限量500個。

60 印花

詳細活動辦法請參見
www.crown.com.tw/60th

主辦：皇冠文化出版有限公司
協辦：平安文化有限公司 平裝本出版有限公司

皇冠60週年集點暨抽獎活動專用回函

請將5枚印花剪下後，依序貼在下方的空格內，並填寫您的兌換優先順序，即可免費兌換贈品和參加最高獎金新台幣60萬元的回饋大抽獎。如遇贈品兌換完畢，我們將會依照您的優先順序遞換贈品。

●贈品剩餘數量請參考本活動官網（每週一固定更新）。所有贈品數量有限，送完為止。如贈品兌換完畢，本公司有權更換其他贈品或停止兌換活動（請以本活動官網上的公告為準），但讀者寄回回函仍可參加抽獎活動。

1. _____ 2. _____ 3. _____

●請依您的兌換優先順序填寫所欲兌換贈品的英文字母代號。

(1) (2) (3) (4) (5)

□（必須打勾始生效）本人_____（請簽名，必須簽名始生效）
同意皇冠60週年集點暨抽獎活動辦法和注意事項之各項規定，本人並同意皇冠文化集團得使用以下本人之個人資料建立該公司之讀者資料庫，以便寄送新書和活動相關資訊。

我的基本資料

姓名：_____

出生：_____ 年 _____ 月 _____ 日 性別：□男 □女

身分證字號：_____ （僅限抽獎核對身分使用）

職業：□學生 □軍公教 □工 □商 □服務業

□家管 □自由業 □其他

地址：□□□□□ _____

_____

電話：（家）_____ （公司）_____

手機：_____

e-mail：_____

□我不願意收到皇冠文化集團的新書、活動edm或電子報。

●您所填寫之個人資料，依個人資料保護法之規定，本公司將對您的個人資料予以保密，並採取必要之安全措施以免資料外洩。本公司將使用您的個人資料建立讀者資料庫，做為寄送新書或活動相關資訊，以及與讀者連繫之用。您對於您的個人資料可隨時查詢、補充、更正，並得要求將您的個人資料刪除或停止使用。

皇冠60週年集點暨抽獎活動注意事項

1. 本活動僅限居住在台灣地區的讀者參加。皇冠文化集團和協力廠商、經銷商之所有員工及其親屬均不得參加本活動，否則如經查證屬實，即取消得獎資格，並應無條件繳回所有獎金和獎品。

2. 每位讀者兌換贈品的數量不限，但抽獎活動每位讀者以得一個獎項為限（以價值最高的獎品為準）。

3. 所有兌換贈品、抽獎獎品均不得要求更換、折兌現金或轉讓得獎資格。所有兌換贈品、抽獎獎品之規格、外觀均以實物為準，本公司保留更換其他贈品或獎品之權利。

4. 兌換贈品和參加抽獎的讀者請務必填寫真實姓名和正確聯絡資料，如填寫不實或資料不正確導致郵寄退件，即視同自動放棄兌換贈品，不再予以補寄；如本公司於得獎名單公佈後10日內無法聯絡上得獎者，即視同自動放棄得獎資格，本公司並得另行抽出得獎者遞補。

5. 60週年紀念大獎（獎金新台幣60萬元）之得獎者，須依法扣繳10%機會中獎所得稅。得獎者須本人親自至本公司領獎，並提供個人身分證明文件和相關購書發票（發票上須註明購買書名），經驗證無誤後方可領取獎金。無購書發票或發票上未註明購買書名者即視同自動放棄得獎資格，不得異議。

6. 抽獎活動之Deseno行李箱將由Deseno公司負責出貨，本公司無須另行徵求得獎者同意，即可將得獎者個人資料提供給Deseno公司寄送獎品。Deseno公司將於得獎名單公布後30個工作天內將獎品寄送至得獎者回函上所填寫之地址。

7. 讀者郵寄專用回函參加本活動須自行負擔郵資，如回函於郵寄過程中毀損或遺失，即喪失兌換贈品和參加抽獎的資格，本公司不會給予任何補償。

8. 兌換贈品均為限量之非賣品，受著作權法保護，嚴禁轉售。

9. 參加本活動之回函如所貼印花不足或填寫資料不全，即視同自動放棄兌換贈品和參加抽獎資格，本公司不會主動通知或退件。

10. 主辦單位保留修改本活動內容和辦法的權力。

寄件人：

地址：□□□□□

請貼郵票

10547 台北市敦化北路120巷50號

皇冠文化出版有限公司　收